MÉRY

UN

CRIME INCONNU

ROMAN INÉDIT

PARIS

LIBRAIRIE NOUVELLE

BOULEVARD DES ITALIENS, 15

A. BOURDILLIAT ET Cᵉ, ÉDITEURS

1861

UN

CRIME INCONNU

OUVRAGES DE M. MÉRY

NAPOLÉON EN ITALIE, poëme. — 1 magnifique
volume grand in-8°. . . . .   5 fr.   »

MONSIEUR AUGUSTE (roman inédit), 1 vol. . .   3 fr.   »

URSULE, 1 vol. . . . .   3 fr.   »

LE PARADIS TERRESTRE, 1 vol. . . . . .   2 fr.   »

MARSEILLE ET LES MARSEILLAIS, 1 vol. . . .   2 fr.   »

LES DAMNÉS DE L'INDE, 1 vol. . . . . .   1 fr.   »

L'ESSAI DU MARIAGE, comédie en un acte . .   1 fr.   »

LES AMANTS DU VÉSUVE, 1 vol. . . . . .   » » 50 c.

MAITRE WOLFRAM, opéra comique en un acte.   » » 50 c.

Paris. — Imp A. Bourdilliat, 15, rue Breda.

MÉRY

UN

CRIME INCONNU

ROMAN INÉDIT

PARIS

LIBRAIRIE NOUVELLE

BOULEVARD DES ITALIENS, 15

A. BOURDILLIAT ET Cie, ÉDITEUR

1861

PRÉFACE

L'histoire est parfois un roman ; le roman est souvent une histoire.

Ce livre n'a donc rien inventé ; il a révélé.

Quand on a beaucoup vécu et beaucoup voyagé, on a trop appris de choses ; on est plus instruit sur les étoiles nébuleuses du crime que tous les juges d'instruction, qui n'abandonnent jamais leur fauteuil.

Alors, pour raconter ces histoires on écrit un roman. Ainsi, le lecteur a toujours la ressource de dire : c'est faux !

Dans notre siècle d'argent, qui n'est pas l'âge d'or, les pères de famille doivent redoubler de vigilance lorsqu'il s'agit de mariage. Pour eux, ce roman équivaudrait peut-être à une leçon d'histoire.

En Sorbonne, il y a des cours de tout; le cours du mariage manque. C'est une lacune que les romanciers doivent remplir.

UN

CRIME INCONNU

I

— Vous avez connu le bonheur jusqu'à ce jour,
cela vous ennuie ; vous voulez ouvrir au malheur la
porte de notre maison.

Celui à qui cette réflexion était adressée frappa
du pied le tapis, s'arrêta au milieu de sa promenade
de salon, croisa les bras et dit :

— Un mariage est donc un malheur? Je vous
remercie, madame, c'est très-flatteur pour moi.

— Vous ne voulez pas me comprendre, reprit
brusquement la femme, pourtant rien n'est plus
clair ; vous vous obstinez à vouloir marier notre
fille contre son agrément, eh bien, le malheur viendra signer au contrat.

— Ma pauvre femme, tu as perdu l'esprit ; les romans du jour t'ont brouillé la cervelle ; tu parles comme un quatrième acte de drame, mais moi qui ne lis que la cote de la Bourse, je suis positif comme un chiffre ; je parle et j'agis comme un homme. Je ne reconnais pas à une petite fille le droit de contrôler le choix de son père, lorsqu'il s'agit de mariage. Au reste, tu sais que j'ai des engagements de longue date ; une parole donnée par moi Vincent Dimmer à mon ami M. Xavier Molart, le père de Victor. Voilà qui est décisif.

— Voulez-vous que je vous dise une vérité ? reprit la femme en regardant son mari avec des yeux d'un iris orageux.

— Oui, à condition que votre vérité ne sera pas un mensonge.

— Me prenez-vous pour un homme, monsieur mon mari ?... Vous allez voir si j'ai deviné le fond de votre pensée...

— Dis-moi le fond de ma pensée.

— Vous voulez faire une alliance avec M. Molart, non pas parce qu'il est votre ami, mais parce qu'il est le plus riche colon de la Guadeloupe, et qu'il donne à son fils six cent mille francs comme épingle de noces.

Après avoir dit cela, Mᵐᵉ Dimmer, qui était assise

devant la cheminée, se mit à tisonner pour raviver le feu qui flambait très-bien cependant.

Le mari se promenait avec agitation de l'est à l'ouest du salon ; il s'arrêta tout à coup, et dit :

— De qui tenez-vous cela ?

— Qu'importe ? reprit la femme ; ma vérité est-elle un mensonge ?

— Eh bien ! en admettant que le fait soit vrai, suis-je blâmable si je songe à choisir pour ma fille un mari riche et un héritier à grandes espérances ?

— Oui, sans doute, vous êtes blâmable. Notre fille se passe de la fortune de son mari ; vous êtes riche comme un fils de la Californie et du Pérou. Qu'avez-vous besoin d'aller chercher de l'argent chez les autres ? Ce qu'il faut à notre fille Anaïs, c'est un mari agréé par elle, fût-il pauvre comme Job.

— Vraiment ! s'écria M. Dimmer en croisant ses mains par-dessus sa tête ; vraiment ! les femmes sont étonnantes ! elles ne comprennent rien au siècle présent et à ses exigences tyranniques ? Ai-je fait mon siècle, moi ? ai-je inventé votre luxe ruineux ? ai-je inventé la vie des affaires, moi ?... Madame, vous traînez là, dans la cheminée, comme Cendrillon, une robe que j'ai payée huit cents francs ! Vous avez un goût effréné

pour la toilette, malgré vos trente-huit ans, et vous
avez donné ce goût à notre fille, qui fait déjà des
rêves de princesse, et voudra mettre dans sa cor-
beille de noces tout ce que l'Inde produit en châles,
Golconde en diamants, Malines en dentelles, Paris
en caprices. Je suis riche ! je suis riche ! vous ne
cessez de me jeter ma richesse à la tête, quand
vous méditez une folie. Est-ce que quelqu'un est
riche aujourd'hui ? N'avons-nous pas vu, de notre
temps, des millionnaires de la veille, vivre d'emprunt le lendemain ? Tant qu'on est dans les affaires, on n'est pas riche. On s'endort sur un coffre-
fort, une crise éclate, on se réveille sur un gra-
bat.

— Et qui vous force à rester dans les affaires ?
interrompit vivement la femme ; pourquoi ne liqui-
dez-vous pas demain ?

— Ah ! bon ! en voici d'une autre ! croyez-vous
que je pourrais me faire à la vie d'oisif, moi qui ne
puis vivre que d'activité ? croyez-vous que je puis
me résoudre à l'existence obscure, moi qui adore le
bruit flatteur que donne la considération ? liquider,
c'est m'enterrer de mon vivant. Permettez-moi de
ne pas ouvrir ma tombe, lorsque je jouis d'une santé
florissante, entretenue par les affaires et le travail.

—Ah ! il est beau votre travail. Ne dirait-on pas

que vous êtes forgeron ou ébéniste ? Quel travail !
aller tous les jours en coupé à la Bourse ; rire et
bavarder avec les agents de change ; faire écluse
de boursiers sur les boulevards ; prendre une glace
chez Tortoni, jouer au whist à votre club : voilà
votre travail, le travail de la paresse et de l'oisiveté.

— Madame, c'est pourtant ce travail qui soutient
le crédit de la France, qui fait circuler par mille ca-
naux la vie industrielle, qui... Au reste, je suis bien
bon de discuter ces graves questions avec vous ; je
parle hébreu..... il est tard et j'ai rendez-vous chez
mon agent de change de très-bonne heure demain...
Bonsoir, madame, j'espère vous retrouver avec un
visage plus joyeux.

—Oh ! n'espérez pas ; je serai triste jusqu'aux larmes tant que ce maudit mariage ne sera pas rompu.

— Prenez-en votre parti, madame, ce mariage
sera fait ; les choses sont trop avancées. Mon futur
gendre est arrivé de la Guadeloupe avec mon con-
sentement ; il nous a déjà fait ses premières visites ;
j'ai en portefeuille sa lettre de crédit. Aujourd'hui il
a payé ses grandes emplettes de noces ; vous voyez
qu'il est impossible de dire à ce jeune homme : mon
ami, vous avez fait quinze cents lieues pour vous
marier, eh bien, embarquez-vous et faites-en encore
autant pour rester garçon, je me suis moqué de

vous..... Madame, vous chargez-vous de lui dire cela ?

— Oui.

— En propres termes ?

— L'équivalent suffira. Mes expressions seront polies ; la forme corrigera le fond.

— Vraiment, madame, vous auriez ce courage ?

— Une mère a toujours le courage de sauver son enfant. Voyez celle de Florence.

— Mais notre fille n'est pas dans la gueule d'un lion.

— Elle est bien plus à plaindre ; vous la précipitez dans une vie de douleurs, de larmes, et de désespoir.

— Madame, votre obstination n'est pas naturelle, et il m'est permis en vous écoutant de concevoir de graves soupçons. Nous vivons dans un siècle et dans une ville où abondent les mariages de proposition et de convenance ; et ce sont les meilleurs ceux-là. Ainsi, je ne crois pas faire acte de tyrannie en donnant à ma fille un jeune mari de vingt-cinq ans, riche, charmant et bien élevé. Ce que je crains maintenant, le voici : votre opposition acharnée m'éclaire ; il y a une chose que vous ne dites pas ; il y a une amourette mystérieuse, un Arthur de roman, un jeune homme pauvre, mais ennuyé de l'être, et qui, sous prétexte de mariage, tire sur moi la lettre de change d'une dot. Eh bien, madame, que dites-vous de ce soupçon?

— Je dis que je n'aurais jamais cru trouver tant d'imagination chez un homme positif.

— Voilà toute votre réponse?

— Oui, et je la regrette même; il y a des questions qui ne devraient obtenir pour toute réponse que le silence.

— C'est bien, madame; ma simple conjecture se change en conviction.

Mme Dimmer croisa les bras, se renversa sur le dossier de son fauteuil, ferma les yeux, et prit la pose du sommeil.

Son mari la regarda quelque temps, secoua la tête, et fit un geste de menace : puis, allumant un bougeoir, il marcha lentement vers la porte, tourna la tête pour voir si sa femme ne le rappelait pas, et voyant qu'elle gardait toujours sa pose d'immobilité, il sortit.

Cinq minutes écoulées, Mme Dimmer se leva, et se plaçant devant son miroir, elle dit à voix basse : *vous avez trente-huit ans!* Voilà donc la galanterie conjugale dans les mariages de convenance et de proposition?

Cela dit, elle poussa un soupir et sonna.

1.

Sa femme de chambre, Virginie, jeune ingénue civilisée par l'antichambre, accourut un bougeoir à la main.

— Virginie, lui dit Mme Dimmer, venez me déshabiller.

Les deux femmes entrèrent dans une chambre à coucher richement meublée, et toute décorée d'allégories matrimoniales, qui, dans la lune de miel, font croire à l'éternité des amours.

A l'extrémité du lit, le décorateur, d'après les dessins de M. Dimmer, avait incrusté deux colombes en bois doré. Mme Dimmer appuya une main vigoureuse sur cette allégorie qui n'était plus qu'un ornement, l'arracha, et la jeta au feu.

— Madame, dit Virginie, je vous prie de dire à monsieur que ce n'est pas moi qui ai fait ce dégât.

— Ne craignez rien, Virginie, dit Mme Dimmer en s'asseyant devant sa table de toilette… Vous venez de quitter ma fille ?

— Oui, madame.

— Était-elle un peu plus calme ?

— Vous me demandez la vérité, n'est-ce pas, madame ?

— Sans doute.

— Eh bien, madame, je vous dirai en confidence que mademoiselle s'est couchée en pleurant.

— Ah!.., Vous a-t-elle parlé... ou dit quelque chose... sur...

— Sur quoi, madame ?

— Sur... les commérages du moment !

— Non, madame... Ah ! oui... elle m'a dit que notre portier parlait beaucoup trop.

— Et sur quoi parle-t-il, notre portier ?

— Sur le prétendu de mademoiselle, ce petit jeune homme d'Amérique qui est venu bouleverser notre maison.

— Et peut-on savoir ce que dit le portier ? car c'est une autorité dans le voisinage, et tout le monde doit dire ce qu'il dit.

— Madame... je suis bien embarrassée... Si le portier savait que...

— Il ne saura rien, Virginie. Comptez sur ma discrétion.

— Eh bien ! madame, il dit que vous avez tort de marier une demoiselle si belle avec un petit collégien d'Amérique, qui est pâle, maigre, fier, laid, muet, provincial, et qui ne salue pas les concierges. Il dit que mademoiselle sera malheureuse avec ce nain d'Amérique, et que tous les portiers sont du même avis.

— Et il ne dit rien de plus, Virginie?

— Mais, madame, il me semble qu'il y en a déjà pas mal comme ça.

— Cherchez bien, Virginie.

— Madame... il me semble... que j'ai tout dit.

— Virginie, vous manquez de confiance envers votre maîtresse... Je vois votre visage dans mon miroir de toilette, et je lis un secret dans vos yeux.

— Mais... madame... c'est que... il y a des choses si délicates... On ne peut rien vous cacher, à vous, madame.

— Allons... il est tard... Virginie, parlez.

— Eh bien! madame... vous vous souvenez de la nuit du bal de M. le comte de Brady?

— Oui... vite, continuez.

— Un jeune homme très comme il faut accompagna madame et mademoiselle dans une voiture de remise, parce que M. Dimmer avait défendu de faire sortir ses chevaux, à cause du verglas...

— Vite, vous dis-je, dit Mme Dimmer avec impatience.

— Ce jeune homme entra dans la cour de l'hôtel, vous offrit la main pour vous faire descendre de voiture, et l'offrit ensuite à Mme votre mère et à Mlle Anaïs... Est-ce vrai?

— Oui; continuez.

—Alors le portier a bien vu... Le jeune homme,
resté seul, remonta en voiture, et, en passant devant la loge, il appela le portier et lui donna vingt
francs.

— Et le portier les prit?

— Jamais un portier n'a refusé vingt francs...
Cette générosité ne parut pas naturelle... on ne
donne pas un louis pour se faire tirer le cordon
d'une porte qui est ouverte... Le portier eut alors
une idée... une idée de portier ; il se dit : ce jeune
homme a des vues sur mademoiselle. Demain,
ayons l'œil sur le trottoir. Il ferma la porte cochère
et se coucha pour dormir vite et commencer son
espionnage de bonne heure... Puis-je continuer,
madame?

— Sans doute, et ne cachez rien.

— Le lendemain, à dix heures, par un temps
brumeux et froid, un jeune homme, couvert d'un
paletot jusque par-dessus le nez, passa sur le trottoir, vis-à-vis, et regarda les fenêtres du premier
étage. Le portier reconnut tout de suite le jeune
homme des vingt francs, et il négligea son service
pour faire son métier d'espion. Le passant, qui ne
se croyait pas surveillé, descendit jusqu'au coin de
la rue de Provence, et remonta pour regarder encore les fenêtres de votre appartement. Ce manége

dura jusqu'à onze heures, et le portier vit très-dis·
tinctement un signe d'intelligence, que le jeune
homme dirigea vers le petit balcon de la chambre
de mademoiselle ; après quoi il ne vit plus rien :
mais tous les jours, à la même heure, il revoit la
même chose et il dit qu'il avait souvent entendu
parler de l'amour de quelques hommes, mais qu'il
n'y en avait point de la force de celui-là.

— Et vous tenez tous ces détails du portier? demanda Mᵐᵉ Dimmer.

— Oh ! non, madame, le portier est discret ; je les
tiens de sa femme qui est beaucoup plus portière
que lui.

— C'est bon, Virginie, vous avez fait votre
devoir, et vous aurez votre récompense..... mais
il faut à tout prix mettre fin à ces commérages.....
Oh! soyez tranquille, Virginie, je ne vous trahirai
pas : c'est vous qui payerez la discrétion de ces
bavards.

En ce moment, le silence de la nuit était si profond que Mᵐᵉ Dimmer entendit une plainte sourde
qui ressemblait à un sanglot étouffé.

Elle se leva vivement, toute convulsive d'émotion et dit :

— Virginie, vous n'avez rien entendu?

— Oui, madame, reprit Virginie en prêtant

l'oreille; là, du côté de la chambre de mademoiselle.

— Virginie, vous pouvez vous retirer, et ne
parlez à personne de tout ce que vous savez.

— Madame sera contente de moi.

Et elle sortit de la chambre à coucher.

Alors Mme Dimmer prit un bougeoir, traversa un
petit corridor, et arrivée devant la chambre de sa
fille, elle colla son oreille contre la porte, et cette
fois elle entendit ce bruit déchirant que font les
larmes du désespoir.

Elle donna un léger coup à la porte en l'accompagnant d'une voix douce qui disait :

— C'est moi, Anaïs, c'est ta mère, ouvre-moi.

La porte s'ouvrit presque tout de suite et
Mme Dimmer entra, referma la porte et courut pour
embrasser sa fille qui s'était remise au lit.

— Mon Anaïs, dit la mère en couvrant sa fille de
baisers et de larmes; tu veux donc me désespérer;
tu veux donc tuer ta mère! voyons parle-moi, dis-
moi le secret de tes douleurs; tu n'auras jamais de
meilleure confidente.

— Le secret de mes douleurs, vous le connaissez,
répondit Anaïs d'une voix entrecoupée de sanglots.

— Je sais, ma fille, que tu ne veux pas accepter
pour mari celui que ton père te destine; mais ton

désespoir est si grand qu'il me fait soupçonner autre chose. Un mariage de proposition n'est pas si affreux à envisager, lorsque le cœur est libre. Ma chère fille, avoue-moi tout, je t'en conjure : je suis prête à tout entendre, à tout excuser, à tout pardonner.

Il y eut un moment de silence ; la mère avait cessé de prier et de provoquer un aveu par ses paroles, mais ses ardentes caresses et ses larmes qui coulaient sur le sein nu d'Anaïs étaient plus éloquentes que le meilleur discours.

Anaïs fit un effort suprême, comme si elle eût arraché son secret de l'abîme du cœur, et se jetant au cou de sa mère elle lui dit à l'oreille :

— J'aime celui que vos éloges m'ont fait aimer.

— Le comte Ferdinand de Lassis!

Un *oui* imperceptible effleura l'oreille de Mme Dimmer.

— Mais, tu connais ce jeune homme depuis fort peu de temps? reprit la mère avec douceur.

— Depuis deux mois.

— Mais, tu ne lui a pas parlé souvent?

— J'ai dansé quatre fois avec M. le comte, et j'ai assisté à une conversation que vous avez eue avec lui au bal de la baronne ; et, s'il vous en souvient,

vous me dîtes le soir : Je n'ai jamais vu un jeune
homme plus charmant et plus spirituel.

— Oui, reprit la mère, en effet, je me souviens
d'avoir dit cela : je le regrette aujourd'hui, si c'est
mon éloge qui te rend si malheureuse..... Mais,
chère fille, ne me fais pas une demi-confidence.....
Tu n'as jamais vu ce jeune homme qu'au bal et devant moi ?

— Je ne lui ai jamais parlé qu'au bal et devant
vous ; mais je l'ai vu souvent passer dans notre
rue.

— Où il passe probablement pour te voir ?

— De loin.

— Ainsi, ma fille, ce jeune homme t'aime ?

— Je le crois.

— As-tu reçu des lettres de lui ?

— Une seule, au dernier bal.

— Et tu la lui as rendue, sans doute ?

— Hélas ! non.

— Veux-tu la montrer à ta mère ?

— Puis-je vous refuser quelque chose ? vous êtes
si bonne pour moi.

Anaïs enfonça sa main sous l'oreiller, et en retira
une lettre qui, malgré sa date récente, était en lambeaux. Mme Dimmer prit la lettre, et se rappro-

chant du bougeoir qu'elle avait déposé sur la console en entrant, elle lut ce qui suit :

« Paris, 11 février 1856.

» Mademoiselle,

» J'écris cette lettre sans espoir de la voir arri-
» ver à son adresse ; je l'écris pour donner quel-
» que adoucissement à des souffrances jusqu'à ce
» jour inconnues. Il me semble que je vous parle et
» que vous m'écoutez. Cette illusion me fait du bien.
» En réalité, c'est pour moi seul que je fais cette
» lettre, et c'est la meilleure garantie de sincérité
» que je vous donne, si par le plus grand des hasards
» votre obligeance daignait accepter et lire ce que
» j'écris pour moi seul.

» Il y a trois mots devenus si vulgaires qu'on
» n'ose plus les employer lorsqu'on veut exprimer
» une passion qui n'a rien de commun avec les
» banalités galantes et les intrigues de l'amour
» bourgeois : et pourtant après avoir bien cherché
» dans le vocabulaire du cœur, on reconnaît que
» ces trois mots seuls résument et résumeront tou-
» jours, pour tous les êtres, et dans toutes les lan-
» gues, le plus doux des sentiments de notre âme :
» *je vous aime*, mademoiselle.

» Le ciel, en vous comblant de tous les dons qui
» divinisent une femme, aurait dû être satisfait de
» son œuvre, et se borner à cette prodigalité sans
» pareille; mais il vous a placée parmi les favorites
» de la fortune: vous êtes une *héritière*, comme on
» dit dans la langue de la spéculation matrimoniale;
» vous avez une dot de princesse; c'est ce que le
» monde dit, et cette fois le monde a malheureuse-
» ment raison.

» Ce qui est un attrait dans notre siècle d'argent,
» est un obstacle pour moi, gentilhomme, qui suis
» du siècle de l'honneur. Ce terrible mot *héritière*
» a vingt fois arrêté cette main qui vient d'écrire *je*
» *vous aime*. Il me semble que si mon amour si pur
» ose prononcer le mot *mariage*, tout un peuple
» d'envieux va s'écrier que le comte Ferdinand se
» mésallie pour s'enrichir, et cette pensée empoi-
» sonne même le bonheur que je rêve et me fait
» souvent désirer de ne pas atteindre la réalité.

» Une réponse ou un signe de vous pourrait
» peut-être modifier mes scrupules : alors je me
» donnerais la hardiesse de déclarer mes intentions
» à la femme qui vous a donné son esprit, sa
» grâce, sa beauté, à votre mère; j'allais dire à
» votre sœur, car lorsque vous êtes assises à côté
» l'une de l'autre dans un salon, il n'y a qu'un

» cri dans la foule pour vous saluer du titre de
» sœurs.

» J'attends ce que votre grâce réserve à mon
» amour.

» COMTE FERDINAND. »

Mme Dimmer marcha lentement vers le lit de sa
fille, et en lui rendant la lettre, elle lui dit :

— Et tu n'as pas répondu à cette lettre ?

— Non, bonne mère.

— Tu as bien fait... mais en ne la lui rendant
pas, tu l'as autorisé à croire que cette lettre était
acceptée avec plaisir. Ne pas refuser une lettre
qu'un jeune homme nous donne clandestinement,
c'est lui répondre : je suis satisfaite de votre amour,
continuez.

— Mais c'est bien aussi ce que j'ai voulu lui
faire comprendre ; répondit naïvement la jeune
fille.

— Enfin, dit la mère avec un soupir, demain je
ferai une dernière tentative auprès de ton père ;
je me jetterai à ses genoux s'il le faut. Aucune hu-
miliation ne me coûtera pour ramener M. Dimmer
à des sentiments meilleurs.

Anaïs embrassa vivement sa mère, et lui dit :

— Oh ! vous réussirez cette fois : il est impossible que mon père s'obstine à faire le malheur de sa fille unique, n'est-ce pas ?

— Espérons, mon ange ; Dieu a touché de plus endurcis.

— Mais, dit Anaïs, vous ne m'avez rien dit de la lettre du comte ?

— J'aurai besoin de la relire pour te donner mon opinion... le début de cette lettre me paraît un peu forcé ; il manque de naturel. A la vérité, le comte se relève dans le passage de ses honorables scrupules à l'endroit de la dot...

— Et dans l'éloge qu'il fait de vous, interrompit Anaïs.

— Ah ! dit la mère avec joie ; ah ! j'ai surpris un sourire sur ton visage ; c'est de bon augure... Eh bien, oui, franchise pour franchise, je ne te cacherai pas que cet éloge m'a fait plaisir, surtout après l'épigramme que M. Dimmer vient de me décocher... Ma chère Anaïs, il faut nous préparer par le repos à la rude journée de demain. Veux-tu promettre à ta mère de ne plus pleurer et de dormir ?

— Oui, si vous passez la nuit avec moi. Votre

visite m'a donné de l'espoir : restez, l'espoir restera.

— Il faut qu'une mère obéisse à sa fille, dit
Mme Dimmer en ôtant ses boucles d'oreilles; ce
n'est pas la loi humaine qui dit cela, c'est mon
cœur.

II

La pauvre mère avait donné à sa fille un espoir
qu'elle ne partageait pas, mais, avant toute chose,
elle voulait qu'Anaïs, brûlée par la fièvre, passât
une nuit tranquille et calmât son agitation dans le
sommeil, cet infaillible médecin de la jeunesse. En
effet, le cruel mensonge de l'espoir ferma bientôt
les yeux d'Anaïs et l'endormit. La mère, comme
toutes les mères, oublia ses propres souffrances,
pour se réjouir dans son cœur, en écoutant la douce
mélodie de respiration qui s'exhalait des lèvres de
sa fille dans un sommeil réparateur. C'est ainsi
qu'elle veilla jusqu'au jour, comme pour garder ce

précieux sommeil, de peur de l'intérrompre par le plus léger mouvement.

Anaïs en se réveillant surprit sa mère dans sa position d'immobilité contemplative ; elle l'embrassa en disant :

— Je vous ai donné une bien mauvaise nuit ; espérons que ce sera la dernière.

— J'ai dormi de ton sommeil, ma fille, répondit la mère ; cela m'a suffi. Tu es contente de ta nuit n'est-ce pas ? te voilà fraîche comme une aurore d'été ; tes beaux yeux ont repris leur expression de douceur et d'énergie ; le sommeil a rendu les teintes de la santé à ton visage... Eh bien, ma fille, il faut toujours être raisonnable ainsi, si tu aimes ta mère, qui n'a que toi au monde, et qui souffre tant lorsqu'elle te voit souffrir. Je n'aurais pas la force de supporter la vie plus longtemps si ta raison et ton amour filial ne pouvaient pas triompher de ton désespoir.

— Chère mère, vous serez contente de moi ; je sens qu'aucun sacrifice ne me coûterait pour vous donner une vie heureuse... mais vous m'avez promis...

— Oui, oui, interrompit la mère ; je ferai ce que j'ai promis.

— Et vous me promettez de réussir; le proverbe dit :

Ce que femme veut Dieu le veut.

— Oui, dit la mère en riant faux, quand un mari ne se trouve pas entre Dieu et la femme.

— Ah ! voilà vos doutes qui recommencent !

— Non, non, ma fille... On frappe en sourdine à la porte... c'est Virginie... je vais ouvrir.

C'était, en effet, la femme de chambre. Elle entra d'un air mystérieux qui provoquait les demandes, et elle s'occupa tout de suite, avec une distraction affectée, des devoirs de son service.

Anaïs se leva, et sa mère la contemplant avec un orgueil bien naturel, murmura ces mots :

— Oh ! non !.. si le ciel est juste, l'orang-outang américain restera célibataire.

Anaïs, malgré son titre d'héritière, était arrivée à l'âge de vingt ans. Tous les partis, fort nombreux comme on le pense bien, avaient été refusés par le père, qui tenait à son idée fixe, et la fille, peu soucieuse de mariage, et dont le cœur était libre, avait toujours secondé son père dans ses refus obstinés. A cet âge un peu avancé de la jeunesse, Anaïs avait acquis tout le développement que la nature donne

aux femmes parfaites ; la vie circulait avec exhubé-
rance sur ce corps superbe, qui avait les formes des
divinités olympiennes. La grâce s'alliait chez elle à
la force et tempérait la déesse pour faire adorer plus
aisément la femme. Sa figure charmante et fière à
la fois, était, à cette heure du lever, encadrée par
des cheveux noirs, aux boucles ondées, qui laissaient
à découvert un front pur, mais dont la saillie annonçait une volonté virile, et l'acharnement obstiné
dans les violentes déterminations. Pour achever de
faire connaître notre heroïne, il faut dire encore
qu'elle avait reçu une double éducation, celle qu'on
lui avait donnée, et celle qu'elle s'était donnée ; pos-
sédée du désir d'apprendre et de pénétrer dans l'inconnu de la vie des femmes, elle dévorait dans la
bibliothèque paternelle tous les ouvrages qui révè-
lent les infirmités humaines; tous les traités spéciaux
qui ne s'adressent qu'à l'homme, enfin tous les
livres regardés comme profonds, sérieux, moraux,
destinés à être reliés et à ne jamais être ouverts.
Le propriétaire industriel achète religieusement ces
chefs-d'œuvre, les emprisonne avec respect dans
l'acajou, les montre avec orgueil à travers la vitre
et ne les lit pas. Ce sont des livres de bibliothèque
et non de lecture ; ils sont connus quelquefois de
leurs auteurs.

Un roulement de voiture se fit entendre dans la
cour de l'hôtel, et Virginie, qui voulait se faire inter-
roger, ne perdit pas cette occasion pour dire :

— Voilà monsieur qui sort.

— De si bonne heure! remarqua Mme Dimmer,
en s'asseyant pour se faire coiffer.

— Je l'ai entendu, reprit Virginie, lorsqu'il disait
à son valet de chambre : « Je vais chez mon agent
de change, je rentrerai pour déjeuner. »

— Ah! oui, je me souviens! fit Mme Dimmer, il
m'a annoncé lui-même, hier soir, qu'il ferait cette
visite de bon matin.

— J'annonce de plus à madame qu'elle aura ce
soir deux invités à dîner.

— Et comment savez-vous cela? demanda
Mme Dimmer.

— J'ai entendu l'ordre que M. André a donné à
l'office.

— Elle est plus instruite que moi! remarqua
Mme Dimmer; et savez-vous aussi quels sont ces
deux invités?

— J'en sais un, et l'autre je le devine : il y a
d'abord M. Florestan Larmieux, l'agent de change...

— Et l'autre? demandèrent à la fois la mère et
la fille.

— L'autre... c'est M. Victor Molart, l'Américain.

Anaïs, qui achevait de s'habiller s'interrompit tout
à coup et se laissa tomber sur un fauteuil.

— Et qui vous a dit cela, demanda vivement
Mme Dimmer.

— Mon journal du matin.

— Quel journal?

— La femme du portier.

— Voyons... .expliquez-vous... parlez vite, dit
Mme Dimmer avec précipitation.

— Voici, reprit Virginie : ce matin, à huit heures,
monsieur a donné un billet au concierge en lui
disant : « Portez ce billet à M. Victor Molart, hôtel du
Helder.» Le billet n'avait pas d'enveloppe, et il était
ouvert d'un côté. Alors le concierge, selon son habitude, a plongé son œil dedans, et a vu que c'était
une invitation à dîner pour aujourd'hui. Après
quoi, il a tout confié à sa femme, en lui recom-
mandant de ne rien dire. Le mari est parti pour sa
commission; la femme m'a fait un signe, et m'a
tout dit.

— Mais, s'écria Mme Dimmer, nous avons là un
portier abominable.

— C'est un portier, madame; et moi je le trouve
plus honnête qu'un autre : jamais il n'ôte la bande
à un journal; il est vrai qu'il est très-occupé pour
faire le sien.

— Au reste, remarqua Mme Dimmer, ses indis-
crétions me rendent service en cette circonstance...
et n'y a-t-il pas d'autre article?... Virginie, vous
ne répondez pas?

— Pardon, madame... Cette boucle me donnait
de la peine à démêler... les cheveux de madame
sont si touffus, et si beaux...

— Vous ne répondez pas? interrompit vivement,
Mme Dimmer.

— C'est que, madame... voyez-vous... je suis
dans un grand embarras...

— Parlez, parlez, Virginie, dites tout, je l'exige
et je vous promets discrétion.

— C'est que, madame, je ne voudrais pas faire
le malheur de ce concierge, qui, au fond, fait son
métier, et qui, chargé de cinq enfants, est obligé de
prendre de toutes mains.

— Il a donc pris un autre louis?

— Non, madame...

— Ah!

— Il en a pris trois, mais il lui en a donné pour
son argent. Le jeune homme... vous savez, madame... le passant de la rue...

— Oui... oui... achevez.

— Eh bien! ce passant, aujourd'hui, est instruit

2.

de tout; il sait le nom de l'Américain; il sait qu'il loge rue du Helder; il sait qu'il doit épou...

— Assez, interrompit brusquement Mme Dimmer.

Anaïs était toujours immobile dans son fauteuil, et ne paraissait prendre aucune part à cet entretien.

Au moment où Virginie, après avoir terminé son service du matin, allait sortir de la chambre, Mme Dimmer lui remit un double louis, en disant :

— Je ne me suis jamais abonnée à un journal, je commence.

Elle s'assit à côté de sa fille, prit ses mains, et lui dit :

— Chère enfant, il ne faut pas t'inquiéter de tous ces commérages de porte. Ma résolution ne change pas. Je parlerai à M. Dimmer, comme une mère seule peut parler, et nous réussirons.

— Et ce dîner! ce dîner! murmura la jeune fille avec l'accent du désespoir.

— Mon Dieu! reprit la mère; ne t'inquiète pas de ce dîner; tu ne descendras pas. Je me charge d'expliquer ton absence par un de ces prétextes qui sont de saison à la fin de février... une courbature... un rhume violent... la grippe...

— Oh! mon père ne sera pas dupe du prétexte; interrompit Anaïs.

— Eh bien! alors l'occasion sera bonne pour

commencer l'attaque, si nous sommes seuls, sans
témoins étrangers, et si les domestiques sont à l'office.

— Vous êtes la meilleure des mères, dit Anaïs ;
vous devinez mes pensées ; vous allez au-devant
de tous mes désirs. Quel malheur pour moi, si vous
étiez du parti de mon père !

— Je ne serais pas ta mère alors, interrompit
Mme Dimmer. Aujourd'hui les hommes ne rêvent
que mariages d'intérêt; les femmes n'ont pas changé
depuis Ève ; elles ne rêvent que mariages d'affection.

A ce moment, le coupé du maître rentrait dans
la cour de l'hôtel.

Mme Dimmer se leva vivement, et dit:

— Je ne veux pas avoir l'air de l'éviter : pour
faire excuser ton absence, ma chère Anaïs, il faut
au moins que je sois toujours présente, moi. Je te
tiendrai au courant de ce qui se passera. Prie Dieu
d'attendrir le cœur de ton père.

La mère embrassa tendrement sa fille et sortit.

Onze heures sonnèrent bientôt. M. et Mme Dimmer entrèrent en même temps dans la salle à
manger. L'habitude conduisit froidement les lèvres
du mari sur le front de la femme, et le tête-à-tête
du déjeuner commença.

Comme dans toutes les grandes maisons, il y avait toujours un ou deux domestiques debout auprès de la table, pour empêcher leurs maîtres de parler ou pour tyranniser leur conversation par un espionnage grave et muet qui ressemble au respect.

— J'ai fait ma visite à Florestan, dit le mari en avalant la première huître; nous avons causé une bonne heure... La rente se tient ferme.... les chemins sont demandés..... Et Anaïs ? elle ne descend pas ?

— Je la quitte à l'instant, dit la femme sur un ton calme et amical; elle a souffert toute la nuit d'un rhume de la saison. A cause des bals, tout Paris-femme est enrhumé.

— Mais au moins elle descendra ce soir pour dîner ? demanda le mari avec empressement.   .

— C'est justement pour descendre ce soir qu'elle se ménage ce matin, reprit Mme Dimmer en souriant.

— A la bonne heure ! son absence ferait le plus mauvais effet... Devine les deux convives que nous avons?

— Ah ! je n'ai jamais deviné une charade.

— Essaye.

— M. Florestan, d'abord.

— Bien ; tu en as deviné la moitié.

— Je suis contente de mon succès, je renonce à deviner l'autre.

— Je t'avertis que l'autre est ton ennemi ; mais il sera bientôt ton ami, car c'est un jeune homme charmant, et qui ne demande qu'à être connu.

Mme Dimmer regarda le plàfond, avec ce naturel que les femmes prennent si aisément, et après avoir fait le semblant de chercher dans sa mémoire, elle dit :

— Je me cherche un ennemi parmi les hommes, et je ne le trouve pas.

— Toujours coquette !

Mme Dimmer fit un signe qui voulait dire au mari — Ne parlons pas de nos affaires devant cet espion.

L'espion était un de ces valets de pied de haute futaie, qu'on trouve dans la domesticité de tous les millionnaires. Ces amoncellements de chair sculptés en beaux hommes, se posent d'abord comme candidats pour la place de tambour-major, et rejetés du concours pour cause de stupidité militaire, ils se placent pour donner des assiettes aux tables des opulentes maisons. En général, les invités ne cessent d'admirer, pendant tout le repas, ces gigantesques inutilités.

André — c'était le nom de l'espion colossal —

avait, à défaut d'autre, l'intelligence de la méchanceté. En attendant un ordre, ou un changement
d'assiette, il tenait ses yeux baissés comme s'il eût
été atteint d'une attaque de somnolence invincible;
mais le peu d'ouverture qu'il laissait sous ses pru-
nelles lui permettait de tout voir, et il comprenait
fort bien tout ce qu'un signe de ses maîtres pouvait
avoir d'injurieux pour son amour-propre de géant.

Ce n'était pas la première fois qu'il avait saisi
un de ces signes, et son irritation s'accroissait de
jour en jour, et il se promettait bien, l'occasion
offerte, de mériter le titre d'espion, s'il y avait
avantage pour lui.

M. Dimmer, ramené à la discrétion prudente par
le signe de sa femme, prit un ton de bonhomie
qui n'était pas dans la gamme ordinaire de sa voix,
et dit :

— Oh! ne te creuse pas la tête pour chercher un
nom : je vais te le dire... c'est Victor, le fils de
mon ami d'Amérique. Il est temps que je le présente officiellement... tu sais pourquoi... je puis
t'affirmer que tu seras enchantée de ce jeune
homme. Je ne parle pas de son physique; un
homme est toujours bien quand il n'est ni borgne,
ni bossu, ni boiteux; mais c'est un garçon grave,
réfléchi, spirituel, instruit et sympathique au der-

nier point. Avec sa fortune et à son âge, il pouvait,
en arrivant à Paris, célébrer l'agonie de son célibat dans de folles équipées de petites dames et de
petits soupers ; au lieu de cela qu'a fait mon jeune
créole? Il a suivi les cours de géologie et de physique ; il a visité les musées et les ateliers des
grands peintres modernes ; il a toujours donné la
préférence pour ses soirées de théâtre à la Comédie-
Française et à l'Opéra ; enfin, un sage vieillard
n'aurait pas abordé Paris inconnu avec des idées
plus graves. Tu verras, ma chère femme, je te le
dis encore, tu seras enchantée de lui ; pour connaître à fond les gens, il ne faut pas les entrevoir,
il faut les voir. Si on voulait juger le soleil quand il
est couvert d'un nuage, on le croirait bête comme
la lune, et surtout, il ne faut jamais précipiter ses
jugements et se souvenir que dans toutes les pro-
cédures il y a trois juridictions. Au nom de Victor,
je te cite en appel.

André ferma tout à fait les yeux dans l'espoir
d'entendre la réponse de Mme Dimmer, mais la
prudente mère d'Anaïs ne jugea pas le moment
opportun pour commencer l'attaque ; elle écouta
tranquillement le plaidoyer de son mari, et en pa-
rût même satisfaite ; du moins sa pantomime semblait avoir un sens approbatif, ce qui mit le comble

à la joie de M. Dimmer : son éloquence avait triomphé de deux femmes.

Mme Dimmer se leva pour aller voir sa fille, et le mari, reprenant la parole, lui dit :

— Recommande bien à cette chère Anaïs d'être belle et de bonne humeur ce soir.

Et se trouvant seul, il se frotta les mains dans un élan de satisfaction intime, et quoique le monologue ne soit pas dans la nature, il fit celui-ci tout haut :

— Allons, ça marche ! tout ira bien. Une volonté forte peut tout dompter, même une femme.

Cela dit, il entra dans une jolie rotonde, sévèrement meublée, qu'il appelait son cabinet de travail ; il ouvrit un petit coffre-fort, et prenant un énorme portefeuille qu'il plaça sur ses genoux, il se mit à passer en revue une armée de chiffons industriels, appelés *actions* ou *obligations*, et les voyant si nombreux, il se réjouit dans son cœur, et répéta sur tous les tons, comme un refrain toujours varié, cette phrase enivrante :

— Il y a là quatre millions de bonnes valeurs qui sont à moi ! à moi !

Ayant ainsi travaillé dans son cabinet, il remit sous clef son trésor de chiffons et sortit pour fumer un cigare sous le dôme vitré de la serre du jardin.

III

Au coup de six heures, deux invités arrivèrent en même temps à l'hôtel de M. Dimmer et furent introduits dans le salon. André annonça d'une voix de géant M. Florestan et M. Victor Molart.

Au fracas de cette annonce, une petite porte s'ouvrit, et M. Dimmer entra pour recevoir les deux convives et leur serrer les mains avec une affec-tueuse brutalité. M. Florestan se posa comme un écran devant la cheminée, et mit la conversation sur ce diapason étourdissant qu'on apporte du con-servatoire de la Bourse.

— Eh bien ! nous avons fermé à trente-cinq de-mandé. Les consolidés sont arrivés avec une hausse d'un huitième. La hausse est sur toutes les valeurs. Tu as bien fait d'acheter. Au reste tu n'en fais jamais d'autres. Est-il heureux, ce coquin de Dimmer!

Et il accompagna cette exclamation d'un vigoureux coup de poing appliqué sur l'épaule de son riche client.

— Florestan, dit M. Dimmer, je te présente le plus jeune de mes amis, Victor Molart de la Guadeloupe.

En ce moment, André entra tenant dans ses mains deux bûches énormes qu'il plaça sur les chenets en ayant l'air de mettre beaucoup de soin, d'attention et de temps à ce rude travail.

Le jeune créole s'inclina devant l'agent de change qui s'assit en disant :

— Diable! la Guadeloupe; il fait bien chaud dans votre pays. Vous ne devez pas être à votre aise par le froid d'aujourd'hui.

— Et mon jeune ami, reprit M. Dimmer, vient pourtant se fixer à Paris.

— Pour étudier en droit? demanda brusquement l'agent de change.

— Comment donc, pour étudier en droit? Mon jeune ami a vingt-cinq ans bien sonnés : il est de

l'âge dont on fait des maris et non des écoliers.

— Ah ! monsieur se marie, dit Florestan avec un
sourire de célibataire ; il prend un métier qui n'a
jamais été de mon goût... Ah! c'est ainsi! je dis
tout ce que je pense; je suis saint Jean Bouche
d'Or. Un jour j'avais un ennemi, on me conseilla
de lui envoyer un cartel; moi, je ne puis pas me
battre en duel, j'ai ma Bourse à faire tous les jours;
je ne me bats qu'avec la rente. Savez-vous ce que
je fis de cet ennemi ? Je le mariai. Il en est
mort.

— Florestan, reprit Dimmer, vous allez bien re-
gretter ce que vous venez de dire !

— Moi ! je n'ai jamais regretté qu'une chose, c'est
d'avoir joué à la hausse quand il y a baisse.

— Ajoutez, et quand j'ai parlé mariage devant le
futur gendre de mon meilleur ami.

Florestan décroisa ses jambes, dont les pointes
montaient alternativement à la hauteur de l'œil, et
revint prendre sa place devant la cheminée.

— Ah! monsieur se marie avec... parbleu! il
fallait me dire cela tout de suite... Au reste, il y a
des exceptions... mon père a été très-heureux en
ménage... toi, Dimmer, tu n'as pas à te plaindre;

tu es heureux comme un célibataire avec tous les agréments du mariage, n'est-ce pas?

— Certes, je ne te démentirai pas, reprit Dim-mer en s'inclinant avec la modestie d'un homme heureux.

— Tu as une femme charmante qui fait toutes tes volontés?

— C'est vrai.

— Tu as une fille que tu marierais avec un ange ou avec un diable, sans qu'elle te fît la moindre observation.

— C'est encore très-vrai, Florestan.

— Eh bien! l'exception peut encore se continuer chez ton gendre.

Et se tournant du côté de Victor, il lui prit familièrement la main et lui dit:

— J'espère, monsieur, que vous ne garderez aucun fâcheux souvenir de notre première entrevue.

— Aucun, répondit Victor avec une grâce naturelle, et je n'ai aucun mérite à oublier, car je n'ai rien entendu. Je n'ai pas cessé un instant de regarder ce portrait.

— Le portrait de ma fille, s'écria Dimmer; un portrait peint par le plus fameux, par M. Dubuffe. . six mille francs!

— Ces peintres font tous fortune! dit l'agent de change.

— J'en ai trouvé un qui mourait de faim hier, dit Victor.

— Un peintre en bâtiments? reprit Florestan en riant aux éclats de sa plaisanterie.

— Un peintre en chefs-d'œuvre, poursuivit le jeune créole; mais il est encore inconnu.

— Et que lui manque-t-il pour se faire connaître? demanda Florestan.

— Il lui manque la vie, dit Victor.

André entra, et annonça pompeusement que monsieur était servi.

Notre créole venait de faire une vive impression sur M. Dimmer, qui avait assez d'esprit naturel pour apprécier un jeune homme à sa juste valeur. Dans cette courte discussion, Victor avait montré l'aplomb de l'âge mûr. Ce personnage important de notre histoire mérite d'être peint le mieux possible à son entrée en scène. Ainsi qu'on le sait déjà, sa figure n'avait pas le beau côté du type créole; l'intelligence ne s'y révélait que dans l'ovale exquis du front et la douceur vive des yeux, d'un noir limpide. Ses cheveux rares faisaient déjà pressentir une calvitie précoce. Sa taille était au-dessous de la moyenne, et la pâleur de son teint, l'exiguïté de son torse, la faiblesse de sa respiration annonçaient chez ce jeune homme une de ces santés souffreteuses, qui, sous les tropiques, font expier aux enfants les intempérances paternelles. Une toilette irréprochable et de la meilleure confection corrigeait artificiellement les défauts de la nature, en changeant le créole malingre en miniature de dandy parisien. Victor avait d'ailleurs sur sa petite personne une distinction native qui n'empruntait rien aux fausses élégances de la mode, et aux conventions du petit grand monde ; la sobriété de ses gestes s'accordait admirablement avec le laconisme de sa parole, et formait, tout à son avantage, un piquant contraste avec la sonore turbulence de ses deux interlocuteurs.

A l'annonce du domestique, le frileux créole courut à l'antichambre pour quitter son paletot, et Dimmer profita de cette courte absence, pour dire à l'oreille de Florestan ;

— Eh bien ! comment le trouves-tu ?

— Charmant ; mais bien laid.

— Ah !

— Il a failli ne pas avoir de nez ; mais, en revanche, si ses oreilles n'eussent pas arrêté sa bouche, il était décapité en naissant.

— Bah! reprit Dimmer, un homme n'est pas obligé d'être beau.

Les trois hommes entrèrent dans la salle au moment où Mme Dimmer entrait par une autre porte; elle était en toilette de gala, et sa figure n'exprimait ni tristesse ni gaieté.

Après les préliminaires d'usage, on se mit à table, et Dimmer, remarquant alors un vide, dit à sa femme;

— Et Anaïs n'est pas descendue avec toi?

Mme Dimmer toussa légèrement, pour se faire une voix non suspecte, et répondit sur un ton naturel:

— Le docteur est venu, et il n'a pas conseillé à Anaïs de descendre par ce froid. Le rhume est toujours très-violent. Anaïs prie ces messieurs de l'excuser; je suis son interprète.

Un éclair de colère brilla dans les yeux de M. Dimmer, qui ne vit qu'une rébellion dans ce rhume violent; mais il n'osa faire un esclandre, et parut accepter l'excuse aussi naïvement que ses deux convives.

Un silence général se prolongea pendant le premier service; on n'entendait que ce cliquetis d'argenteries et de porcelaines qui devient intolérable lorsqu'il n'est pas accompagné par la conversation.

En sa qualité de chef de maison, M. Dimmer pensa qu'il était de son devoir de donner une certaine animation à ce dîner de muets, et s'efforçant de sourire, il dit à Victor :

— On nous a interrompus tout à l'heure ,au bon moment... Vous disiez donc, mon jeune créole, que vous avez fait quelques emplettes dans les ateliers ?

— Oh! des emplettes bien modestes, dit Victor : deux paysages et une marine.

— Sur vos économies? reprit Dimmer.

— Oui, car je ne veux jamais toucher au capital.

— Très-bien, Victor... et moi, qui suis votre tuteur en attendant mieux, je veux vous faire acheter tout un cabinet de tableaux, sans entamer votre capital, qui est dans mon portefeuille.

— Vous me direz votre secret ? demanda Victor en souriant.

— Un secret bien simple, vous allez voir... Je vous ai réunis tous deux à ma table, Florestan et vous, pour débattre en famille vos petits intérêts.

— Ah! voyons ça, dit Florestan.

— A la Guadeloupe, reprit Dimmer, vous n'avez

aucune idée de nos opérations. Mon jeune ami, chez vous, avec quoi faites-vous de l'or ?

— Avec des cannes à sucre, répondit le jeune créole.

— Eh bien chez nous on fait de l'or avec rien.

— Honnêtement ? demanda Victor.

— Honnêtement ! dites-vous... Tenez, voilà mon ami Florestan, que je vous donne pour le plus honnête homme de Paris : il est arrivé du Mans, en 1851, avec une idée, c'était tout son avoir : vous voyez que ce n'est rien. Il est entré à la Bourse, où sa fraîche et loyale figure et ses cheveux gris ont inspiré la confiance à la coulisse et au parquet. Un premier gain modeste l'a mis sur la route des grands succès en spéculation, et aujourd'hui il ne donnerait pas son avoir et son tiers d'agent de change pour quatre millions.

— Bon ! dit Florestan, tu deviens mon commissaire-priseur.

— Parbleu, reprit Dimmer, je connais tes affaires comme je connais les miennes... Mais laissons cela... il s'agit maintenant de travailler pour le compte de mon jeune ami, qui m'a donné une couverture de six cent mille francs, et qui veut acheter les chefs-d'œuvre de la peinture moderne sans altérer le capital... Florestan, aide-nous de tes bons

3.

conseils et de ton coup d'œil infaillible... Quelles sont les valeurs sur lesquelles on peut opérer et qui ont des chances probables de hausse ?

Florestan prit un air grave, se recueillit une minute, et dit :

— On peut acheter du *Crédit mobilier*, il est à 1,550 et il montera beaucoup.

— Victor, reprit Dimmer, on vous prendra du *Mobilier*.

—Prenez tout ce que vous voudrez, dit Victor en riant.

— Après, voyons, Florestan, cherche dans les autres valeurs : il faut avoir plusieurs cordes à son arc.

— Le *Paris a Lyon* est un bon chemin. On peut opérer là-dessus sans crainte ; il est à 1,250, comme l'*Orléans*, excellente valeur aussi.

— Notre jeune client opérera sur les deux, reprit Dimmer.

— Un de mes amis, poursuivit Florestan, un homme très-bien placé, en haut lieu, m'a affirmé ce matin que le gouvernement va augmenter le nombre des actions de la Banque : elles sont à 3,500. C'est un placement superbe.

— Va pour les actions de la Banque, dit M. Dimmer... Voulez-vous vous borner là, mon jeune ami?

— Comme vous voudrez, dit Victor.

— Oh! je reconnais bien là les créoles! ils ne reculent devant rien... Florestan, nous voilà fixés. Je laisse à vos appréciations tous les menus détails de cette affaire. Vous agirez comme pour vous-même.

— Soyez tranquilles; je me charge du résultat et je vous le promets avantageux... Mais, pardon, messieurs, il me semble que tout ce que nous disons là, depuis une heure, n'est pas très-amusant pour Mme Dimmer.

— Au contraire, dit Mme Dimmer, avec un sourire mélancolique, je me plais beaucoup à ces conversations.

— D'ailleurs ma femme, remarqua Dimmer, y est habituée, comme toutes les femmes : ces dames savent bien qu'au bout d'une spéculation heureuse, il y a toujours pour elles un souvenir du mari, une riche fantaisie de boudoir ou de toilette. Vous voyez donc que, pour les femmes, ces conversations ne sont pas sans intérêt.

— Bon! dit Florestan, Dimmer se lance dans le calembour !

— Ma parole d'honneur, reprit Dimmer, je l'ai fait sans le vouloir. Enfin, tant pis!... j'ai voulu

seulement prouver que nos femmes sont nos asso-
ciées naturelles, quand nous faisons une spéculation.

Mme Dimmer avait épuisé son trésor de patience,
elle allait éclater; son dernier moment de calme la
conseilla mieux. Elle se leva, et dit :

— Vous me permettrez, messieurs, d'aller faire
une visite de quelques instants à ma fille.

— Oui, dit M. Dimmer ; mais reviens nous dire
comment se porte la belle enfant... nous t'attendons
à la serre, où nous allons prendre le café... Fumez
vous, Victor ?

— Non.

— Un créole qui ne fume pas !... On dit qu'en
Amérique les sauvages fument depuis la création du
monde.

— Et ils sont restés sauvages, reprit Victor.

— Il paraît donc que le tabac... paralyse... les
facultés... mais vous plantez beaucoup de tabac ?

— Oui, pour les autres.

— Il est plein de bon sens, ce garçon ! reprit
Dimmer, en donnant un léger coup sur l'épaule de
Victor.

Ils entrèrent tous les trois dans la serre où le café
fut servi.

— Enfin ! reprit Dimmer, nous n'avons plus d'es-

pions autour de nous. On peut causer affaires de
famille... Florestan est un intime ami de la maison;
il en connaît les secrets avant moi.

— C'est vrai ! dit Florestan; ainsi lorsque tu m'as
parlé, avec ton exaltation ordinaire, de ton ami le
planteur de la Guadeloupe et de ses deux enfants
jumeaux Victor et Charles, j'ai deviné que Victor
épouserait ta fille.

— Il devine tout, ce diable de Florestan! on l'a
surnommé le sorcier de la Bourse... Maintenant, devine à quelle époque se fera le mariage?

— Parbleu! à l'entrée du printemps comme tous
les mariages d'amour.

— Oui, reprit M. Dimmer; je l'avais décidé ainsi,
du 20 au 25 mars... cela vous convient-il mon
gendre?

— Fixez l'époque trop tôt, ce sera toujours trop
tard, dit Victor.

— Florestan, me conseilles-tu de faire beaucoup
d'invitations et de donner une grande fête?

— Non. Au mariage de ta fille, une riche héritière, si tu invites soixante amis, ils deviendront
soixante jaloux le jour des noces, et soixante ennemis le lendemain.

— Il a raison, dit M. Dimmer... Qu'en penses-tu,
Victor?

— Ah ! je ne connais pas les mœurs de Paris, répondit le jeune homme.

— Eh bien, reste toujours dans ton ignorance, reprit Dimmer.

— Il faut célébrer le mariage à Saint-Leu, dans ta belle maison de campagne, que tu appelles un château... à cause de l'éloignement, on n'est pas tenu à de nombreuses invitations. La famille et deux ou trois amis intimes, voilà tout.

— Bien pensé, remarqua Dimmer : Victor, demain tu écriras à ton père, et tu lui annonceras que le jour de ton mariage est fixé.

Victor, ému aux larmes, prit la main de Dimmer et la serra énergiquement.

Dimmer serra son futur gendre sur son cœur, et lui dit :

— Cher fils, je te donne mon trésor le plus précieux, ma fille ; je ne saurais remettre son bonheur en de meilleures mains.

— J'espère que vous ferez deux heureux, répondit Victor.

— Maintenant, reprit Dimmer, je vous laisse à votre liberté, mes amis ; il est fort tard, je vais voir ma fille... je compte que nous nous verrons tous les jours.

On échangea encore quelques paroles sans im-

portance pour cette histoire, et Florestan, suivi de
Victor, prit congé de son ami.

M. Dimmer, resté seul, alluma un second cigare,
et comme il se disposait à monter aux appartements,
sa femme parut.

— Ah! te voilà? dit le mari. Eh bien, nous
sommes seuls, il n'y a pas d'oreilles autour de nous;
tous nos gens sont à l'office ; nous pouvons nous
expliquer amicalement... je n'ai pas été dupe de
l'excuse ; il n'y a pas de rhume violent ; il n'y a pas
de docteur, pas la moindre indisposition : il y a une
mutinerie, une bouderie, un caprice que sais-je
moi ! une folle obstination de jeune fille... suis-je
dans le vrai, chère femme?

Mme Dimmer épuisée par l'insomnie et les souffrances de ce jour, s'assit, et dit d'une voix sourde :

— Il n'y a ni caprice ni folie; il y a résolution
bien arrêtée de ne pas se marier; et vous êtes trop
bon père, pour vouloir tuer votre fille.

— Ah! s'écria Dimmer, la chanson recommence,
je la croyais finie; elle a trop de couplets et toujours le même refrain, cela va m'exaspérer au
dernier point... Madame, rompre ce mariage est
en ce moment chose plus difficile que jamais, et
si vous aviez entendu tout ce qui a été dit, vous

vous seriez épargné la dernière sommation irres-
pectueuse que vous me faites en ce moment.

— Il ne fallait pas, reprit Mme Dimmer ; il ne
fallait pas dire ce qui a été dit; il ne fallait pas
faire ce qui a été fait. Pourquoi ce dîner de surprise ? Pourquoi cette conversation insipide ?...

— Trêve de pourquoi ! interrompit violemment
Dimmer ; madame, permettez-moi d'être maître
dans ma maison ; permettez-moi d'être le père de
ma fille. Pas un mot de plus ! ce qui est dans ma
volonté s'accomplira, je le jure sur les cendres de
ma mère. Je ne souffrirai pas qu'un caprice de
jeune fille prenne le caractère d'une rébellion. Et
vous, madame, si votre bon sens et votre raison
ne sont pas tout à fait perdus, préparez votre fille
à se soumettre à l'immuable volonté de son père.
Ne soyez pas sa complice dans la révolte. Je veux
faire le bonheur de ma fille, et malgré tout, je le
ferai. Je souhaite, madame, que la nuit vous donne
de bons conseils.

Et il sortit avec précipitation sans attendre la
réponse.

La pauvre mère resta comme foudroyée et garda
l'immobilité de la mort.

IV

Un fiacre stationnait à neuf heures du matin dans la rue du Helder, quelques pas avant l'hôtel de ce nom.

Deux jeunes gens étaient assis dans ce fiacre, et l'un d'eux tenait ses yeux fixés sur la porte de l'hôtel à travers une étroite éclaircie de vitre, ménagée par le petit rideau vert des stores.

— Nous sommes venus trop tôt, dit l'autre; je connais les créoles, ils se lèvent à midi.

— Ce diable d'Alfred est le démon de l'impatience! dit l'espion du rideau sans quitter sa pose. Mon ami, quand on veut réussir on ne doit rien négliger. En arrivant ici de très-bonne heure, je

sais au moins que mon orang-outang est chez lui,
à moins qu'il n'ait couché au jardin des Plantes.
S'il faut attendre jusqu'à midi, nous attendrons. As-
tu des affaires, par hasard, incurable paresseux ?

— Mais j'ai l'air de travailler, et cela me fatigue.
Ferdinand, veux-tu me permettre de dormir ?

— Oh non ! j'ai besoin de tes yeux : il y a deux
portes à l'hôtel du Helder !

Ferdinand, que nous connaissons déjà avec son
titre de comte et son nom de famille, était un jeune
homme de trente ans, un modèle d'élégance naturelle et de distinction de race : sa figure était ci-
selée d'après toutes les règles de la beauté froide
et correcte; il n'y avait pas un reproche à faire à
ce masque classique, depuis la ligne des cheveux
jusqu'à l'extrémité du menton ; mais ses yeux, d'un
vert mat, et ses cheveux d'un blond ardent, coupés
à fleur de tête, donnaient un étrange caractère
au calme plat de la figure.

Alfred, son ami, était un de ces jeunes fléaux am-
bulants qui usent l'asphalte des boulevards et le
font renouveler si souvent pour cause de ravage. A
trente-deux ans, il avait laissé son patrimoine dans
tous les gouffres parisiens où l'on biseaute les cartes,
les femmes et les vins. Insoucieux dans sa ruine
comme il le fut dans sa fortune, Alfred s'était at-

taché comme satellite au comte Ferdinand, ruiné
comme lui, mais tout rempli de ces ressources qui
font remonter, après sa chute, un homme au som-
met de la roue. Avec sa fraîche et ronde figure, ses
allures négligées, son humeur joyeuse, Alfred pas-
sait pour *bon enfant* aux yeux d'un monde qui
observe à la surface, car il n'a pas le temps d'ap-
profondir; d'ailleurs, il eût été honnête homme
avec une fortune immense et inépuisable; il faisait
même du bien pour se délasser du mal, et il com-
mettait le mal par amour de la variété plutôt que
par méchanceté naturelle. Son esprit, bizarre dans
son originalité, se composait parfois de reminis-
cences, çà et là recueillies dans le vocabulaire des
petites dames et le répertoire des théâtres du boulevard, et comme il choisissait bien ses plaisanteries, il laissait croire qu'il les inventait. Cet homme
était ainsi devenu une des nécessités de la vie de
Ferdinand.

— Ferdinand, dit Alfred l'œil fixé sur la porte de
droite, souviens-toi que je t'ai vendu ma matinée au
prix d'un déjeuner chez Tortoni.

— C'est convenu, dit Ferdinand.

— Et un déjeuner sérieux?

— A ta discrétion.

— Tu seras ruiné.

— Impossible; je le suis.

— Je pense, Ferdinand, à la vie que nous allons illustrer, lorsque tu auras épousé quatre millions !

— Oui, mais c'est encore un bonheur au futur.

— Présent... tu as deux femmes pour toi; une suffirait pour réussir.

— Alfred, mon pauvre ami, mon aïeul a été malheureux : il fut tué dans l'Inde, sur un vaisseau à côté du bailli de Suffren; mon père a été tué en Afrique. Quand le malheur se met dans une famille, il devient héréditaire, c'est une lèpre incurable. Moi, découragé par le sort des miens, j'ai quitté l'état militaire; j'ai assemblé une armée patrimoniale de quatre cent mille écus, j'ai livré bataille à la Bourse, et la Bourse m'a tué.

— Oui, dit Alfred, mais ce mariage te ressuscite.

— Mais encore une fois, Alfred, ce petit créole peut empêcher ma résurrection; il a pour lui le père d'Anaïs; un père est un roi...

— Constitutionnel, interrompit Alfred; il n'a point de pouvoir; il règne et il ne gouverne pas, comme les rois de M. Thiers : si, par hasard, il a une idée, il est obligé de la soumettre à la chambre haute et à la chambre basse ; c'est-à-dire à sa femme et à sa fille; les deux chambres rejettent l'idée à l'unani-

mité, le roi s'incline, il règne, et tu épouses la belle
Anaïs.

— Que Dieu t'écoute! reprit Ferdinand; c'est
qu'entre nous, je suis honteux de t'avouer que
j'aime Anaïs d'un amour extravagant.

—Je crois bien, dit Alfred ; et moi aussi je l'aime !
et tous les ruinés du trois pour cent l'aimeraient
aussi !... quatre millions !

— Allons! dit Ferdinand il ne sort pas de ces
quatre millions !

— Je voudrais bien ne pas en sortir! dit Alfred,
s'ils se donnaient la peine d'entrer chez moi.

En ce moment, un jeune homme sortit de l'hôtel,
par la porte de gauche, et Ferdinand mit la main
sur le genou d'Alfred pour arrêter l'entretien.

Après avoir quelque temps suivi des yeux le
jeune homme de l'hôtel, Ferdinand dit :

—Non, ce n'est pas lui. Mon créole porte un paletot à fourrure.

— Mais il peut changer de paletot ; dit Alfred.

— Mais reprit Ferdinand, il ne peut pas changer
de figure, et je crois avoir vu poindre, dans le
cache-nez de celui-ci, la forte racine d'un aquilin
très-prononcé.

— Ce qui manque aux orangs-outangs, remarqua Alfred.

— Tu connais ta zoologie, dit Ferdinand.

— Ce que je voudrais connaître, reprit Alfred, c'est l'heure de l'horloge de Tortoni. J'ai laissé ma dernière montre dans un établissement philanthropique de la rue des Blancs-Manteaux. Midi sonne à mon estomac.

— Alfred, dit Ferdinand en tirant sa montre ; ton estomac avance d'une heure et demie... au reste, j'ai pitié de ton état, et si dans un quart d'heure le sapajou ne parait pas sur le trottoir, nous renvoyons la séance à demain.

— Au moins si j'étais, comme dans les tragédies, un confident à qui le maître dit ses secrets ; mais vraiment, seigneur, j'attends stupidement ce jeune créole, et

J'ignore le destin que vous lui réservez...

— Arbate, mon ami, pour qu'ils soient approuvés,
De semblables projets veulent être achevés,

dit Ferdinand sur un ton tragique.

— Cela veut dire en prose, reprit Alfred, que Mithridate ne confiera rien à son confident.

— Arbate a deviné mon intention.

L'entretien fut interrompu, car le moment décisif n'était pas éloigné.

Après quelques instants, Ferdinand bondit sur son siége, et dit :

— Cette fois c'est lui !... donne ces dix francs au cocher, et va m'attendre devant Tortoni.

En disant ces mots il s'était élancé dans la rue, et s'était mis sur la trace du jeune créole, qui suivait le trottoir, en prenant la direction du boulevard.

Arrivé au bout de la rue, Victor prit à gauche et longea les maisons jusqu'à l'angle de la rue Drouot, qu'il doubla pour descendre jusqu'au bureau de location de l'Opéra.

Ferdinand la tête ensevelie dans le collet du paletot, et les énormes plis du cache-nez, se plaça devant la grande affiche de l'opéra pour attendre la sortie de Victor, et son œil qui semblait lire ne se détachait pas de la porte du bureau de location.

Le jeune créole sortit bientôt un billet d'orchestre à la main, et, tout de suite Ferdinand courut au bureau, et dit au controleur :

— Mon cousin Victor sort d'ici... nous voudrions être placés à côté de lui, mon frère et moi... il nous a dit avoir le n°...

— Trente-deux, dit naïvement le naïf préposé.

— C'est cela trente-deux ! reprit Ferdinand,
veuillez bien nous louer trente et trente-quatre.

Et il jeta un double louis devant la petite grille.

Muni de ses deux billets Ferdinand courut rejoindre Alfred devant Tortoni, pour lui expliquer en dé-
jeunant le plan de la soirée et lui faire sa leçon.

V.

Il y avait foule à l'Opéra ; on jouait *les Huguenots*.

Cet ouvrage, qui renferme de si grandes beautés,
et une admirable fin du quatrième acte, sera joué
éternellement, non pas tant à cause de son immense
mérite, qu'à cause du goût général du public, qui
aime à s'instruire au théâtre, et croit assister à une
bonne leçon d'histoire en écoutant *les Huguenots*.
Ainsi lorsque Raoul dit ce vers :

> Du haut de son balcon, j'ai vu le roi lui-même
> Immoler ses sujets qu'il devait protéger !

J'ai entendu bien souvent d'excellents pères dire

à leur fils : « Demain, je vous montrerai le balcon
où le roi *immolait ses sujets.* » Il se trouve quelquefois, dans la loge, un contradicteur timide qui
ose nier le balcon, mais alors les pères mettent
fin à la discussion, en disant : « Si le fait était
faux, il ne serait pas avancé dans un théâtre sub-
ventionné par le gouvernement, et mis en vogue
par des auteurs de l'Académie. »

A ces mots, toutes les têtes s'inclinent en signe
d'adhésion, et le lendemain, on va voir le balcon
qui a été construit après la mort de Charles IX.

Un peu avant le lever du rideau Alfred entra le
premier, et s'assit dans sa stalle, à la droite de
Victor, qui était déjà placé.

Aux premières mesures de l'introduction, Ferdinand vint nonchalemment se placer à la gauche du
jeune creole, et jouant la surprise, il s'écria en
tendant la main à Alfred.

— Ah ! vous voilà de retour !

— Depuis ce matin dit Alfred : nous n'avons pas
été heureux en chasse ; le bois avait été mal fait, et
le ragot est resté dans sa bauge. Nous avons dédai-
gné le menu gibier.

— Et ce soir, vous n'avez pas voulu manquer *les
Huguenots ?* reprit Ferdinand.

— Oui, c'est mon opéra favori.

— Moi, je viens par habitude. Je veux voir dans le ballet un début d'une coryphée à laquelle je m'intéresse.

— Toujours le même! dit Alfred toujours un don Juan d'Opéra! La chair de coulisses vous tente.

— Que voulez-vous? dit Ferdinand; je joue de mon reste; je me démène dans l'agonie de mon célibat : mon père me marie dans huit jours avec une veuve de vingt-quatre ans et...

Quelques *chuts* se firent entendre aux environs, Ferdinand et Alfred obéirent à l'ordre et s'assirent.

Pendant les deux premiers actes les deux jeunes gens parurent écouter avec attention; au troisième, lorsqu'on chantait le chœur dit de rataplan, Ferdinand se pencha du côté d'Alfred de manière à gêner les mouvements et les regards de Victor et il lui dit :

— Ces huguenots sont impayables; ils s'étonnent d'être vus de mauvais œil par les catholiques et ils hurlent à leurs oreilles, à la porte de l'église, et au passage des gens du roi cette *Marseillaise* de Coligny :

> En avant, braves calvanistes!
> A nous les filles des papistes,
> A nous richesses et butin
> Et bon vin!
> Ici tout appartient aux braves...

Si, à Londres, des soldats catholiques chantaient devant le palais de la reine : —*En avant braves catholiques! à nous les filles des protestants, à nous richesses et butin ; l'Angleterre appartient aux braves,* une escouade de constables assommeraient ces rebelles avec des bâtons plombés qui ne seraient pas bénis.

— Monsieur, dit Victor avec une dignité calme, si vous réserviez ces réflexions pour l'entr'acte.

— Monsieur, répondit Ferdinand d'un ton sec, je craindrais de les oublier, et ce serait dommage.

— Vous m'empêchez d'écouter cette belle musique, monsieur, reprit Victor, et c'est dommage.

— Y a-t-il une intention de raillerie là-dessous? demanda Ferdinand.

— Non, monsieur.

Et de part et d'autre on se tut.

Après le troisième acte, Ferdinand se leva et dit à Alfred.

— Venez-vous faire un tour au foyer?

— Je veux bien dit Alfred, mes jambes ont besoin de se dégourdir.

Les deux amis sortirent de l'orchestre et ne rentrèrent qu'à la fin de l'entracte, un peu avant le lever du rideau.

Victor n'était pas sorti ; il restait dans le temple,

lui, dans une attitude recueillie et méditative : il
aurait craint de perdre, dans le fracas des distractions extérieures, le noble fruit des émotions qu'il
venait de ressentir. C'était le dévot fervent qui
n'abandonne le sanctuaire qu'au moment où les
lampes s'éteignent devant l'autel.

A la scène dite de la *bénédiction des poignards*,
Ferdinand se pencha de nouveau vers Alfred pour
lui communiquer cette réflexion :

— Cette scène est fort belle, mais elle a un côté
risible : on bénit des poignards, et quand ils ont
été bénis on tue les huguenots avec des carabines
qu'on a oublié de faire bénir.

Victor fit un geste d'impatience que Ferdinand
n'eut pas l'air de remarquer.

Lorsque l'admirable duo du quatrième acte commença, Ferdinand secoua la tête et dit :

— Voilà une femme qui trompe son mari la première nuit de ses noces ! elle y met de l'empressement celle-là ! quand je serai marié, je me garderai
bien de conduire ma...

— Oh ! interrompit Victor, ceci devient intolérable !

— Est-ce que monsieur a la prétention de m'im-
poser silence ? demanda Ferdinand.

— Non, monsieur, dit Victor ; mais j'ai la prétention de soutenir que lorsqu'on chante ce duo tout le monde doit se taire.

— Êtes-vous un sergent de ville déguisé? dit Ferdinand.

— Les sergents de ville ne se déguisent pas, reprit Victor; mais il y a des rustres qui se déguisent en gentilhommes.

— En connaissez-vous de ces rustres?

— Depuis une heure j'en connais un, et c'est trop.

— Monsieur, dit Ferdinand, par respect pour le public, je ne vous donnerai un soufflet qu'en sortant; vous pouvez préparer votre reçu.

— C'est bien! dit Victor avec calme; mais laissez-moi écouter jusqu'à la fin.

Malgré cette phrase décisive, Ferdinand aurait continué son agression insultante jusqu'à la fin de l'opéra, mais les murmures des voisins lui fermèrent la bouche. Au reste, assez de choses avaient été dites pour rendre un duel inévitable.

Quand le rideau fut baissé, Ferdinand se leva en disant à Victor :

— J'espère, monsieur, que nous ne nous séparerons pas.

— Vous devinez mon intention, dit Victor avec

la nonchalance du créole, il me serait impossible de dormir, et j'adore le sommeil.

— C'est vrai, dit Ferdinand, j'ai remarqué cela chez un de vos parents qui dort toujours.

— Où ? demanda Victor.

— Dans sa cage, au jardin des Plantes ; et si je m'abstiens de voies de fait en ce moment, c'est par respect pour la loi Grammont.

Le créole bondit comme un tigre ; il saisit la main de Ferdinand et lui dit avec une voix étouffée par la colère :

— Dans une heure, l'homme des bois aura dévoré le lion de Paris.

Ils sortirent les derniers de l'orchestre ; le corridor était encore encombré par la foule. Victor cherchait partout un ami inconnu, auquel il pût s'adresser pour lui demander un service d'occasion ; enfin, il avisa un homme au visage grave, au galbe militaire, et dont l'habit était orné de la rosette d'officier de la Légion d'honneur.

Victor se présenta respectueusement, et lui dit à voix basse :

— Monsieur appartient à l'armée ?

— Oui, monsieur, répondit l'inconnu, j'ai cet honneur. Je commande le 30e régiment de ligne, en garnison à Versailles.

— Colonel, reprit Victor, je suis étranger, et vous connaissez l'axiome...

— Oui, monsieur, *peregrinus res sacra*, interrompit le colonel, en souriant.

— Je me mets sous votre protection, poursuivit le jeune créole : veuillez bien me servir de témoin dans une rencontre.

— L'axiome me fait un devoir d'accepter, dit le colonel ; à demain donc, et...

— Non, colonel, interrompit Victor ; si un tison brûlait ma joue, je n'attendrais pas demain pour l'éteindre.

— Très-bien ! jeune homme, je vous comprends, et je suis tout à vous.

Pendant ce court dialogue, Ferdinand et Alfred qui suivaient lentement Victor, au milieu d'une foule compacte, causaient ainsi, à voix basse :

— Ce petit scorpion se rebiffe ! disait Alfred ; tu ne l'exileras pas de Paris, comme l'autre, celui-là. Ton coup est manqué.

— Bah ! disait Ferdinand ; nous ne sommes pas au bout, il deviendra poltron sur le terrain ; c'est un enfant.

— Terrible ! ajouta Alfred ; j'augure mal de la rencontre.

— Tu es un poltron, toi, Alfred.

— C'est vrai, Ferdinand, et j'en suis bien aise. Je n'ai qu'une mort à dépenser dans ma vie, et je veux me ruiner à cent ans.

Au bas de l'escalier de l'Opéra, Victor donna son porte-monnaie au colonel, en lui disant :

— Tout est convenu... Si l'armurier avait fermé sa boutique, vous lui offrirez cinq louis de plus, comme dédommagement. Je vous attends au café du passage.

Le colonel aborda Ferdinand et lui dit :

— Voici ma carte. Je suis le témoin de M. Victor. Il est insulté gravement, vous êtes à sa disposition. Avez-vous fait choix d'un témoin ?

— Le voilà, dit Ferdinand, en remettant sa carte au colonel, et en désignant Alfred.

— Monsieur, dit le colonel à Alfred, votre adversaire a le choix des armes, il se bat au pistolet... Veuillez bien m'accompagner pour une petite emplette.

Alfred s'inclina et suivit le colonel. Il y eut peu de paroles échangées entre eux.

— Il me semble, dit Alfred, qu'on aurait pu renvoyer l'affaire à demain.

— Nous sommes les maîtres de la situation, dit le colonel ; nous sommes insultés... Au reste, notre jeune créole vient de me dire que dans son pays, on ne se bat que la nuit, pour éviter la chaleur.

— Et chez nous, reprit Alfred, on ne se bat que le jour, pour éviter le froid.

— Enfin, c'est ainsi ! dit le colonel, de ce ton sec qui supprime toute réplique.

On prit deux fiacres à la station du café Cardinal, et on dit aux cochers de suivre le chemin de Vincennes.

Pendant la route, Ferdinand paraissait soucieux, comme un homme qui a organisé un plan infaillible et le voit renversé par l'imprévu.

Alfred se résigna au monologue, pour ne pas laisser sa langue au repos.

— Ce colonel m'ennuie, dit-il, j'aurais mieux aimé un bourgeois... Avec un colonel, une affaire ne peut jamais s'arranger : je lui ai proposé d'amener le duel sur le terrain du café Anglais ; il m'a lancé au visage ses deux yeux verts qui m'ont fait oublier la langue française pendant cinq minutes ; il m'a adressé une question chez l'armurier, je lui ai répondu en espagnol. C'est un rude Africain qui a fait le carambolage d'Alger à Sébastopol. Allez vous frotter à des hérissons de cette trempe-là ! J'ai voulu voir s'il avait appris à rire, comme un bourgeois, et je lui ai conté une histoire des plus drôles ; il a gardé un sérieux de pape, et m'a regardé, cette fois, en donnant à sa face les contractions d'un tigre veuf. Alors je lui ai tourné le dos et je ne le regarderai plus que de ce côté.

— Ah! dit Ferdinand, cet homme nous est tombé du ciel bien mal à propos!

— S'il était tombé du ciel, je ne le craindrais guère, dit Alfred; mais il est monté de là-bas : c'est Robert le Diable qui est venu voir *les Hugue-nots.*

On arriva dans le bois de Vincennes, et les deux voitures s'arrêtèrent devant un taillis épais, qui commençait à la lisière du chemin routier, et se perdait dans les vapeurs lointaines de la nuit.

Les quatre hommes mirent pied à terre et le colonel dit à Ferdinand :

— Je connais cet endroit, il est excellent pour une rencontre. En passant devant la rue Royale, je viens de réveiller un chirurgien-major de mes amis, attaché à la garnison de Vincennes : il connaît cet endroit aussi, et il ne tardera pas à nous rejoindre.

— C'est moi, dit Victor; c'est moi qui ai réclamé l'assistance d'un chirurgien, parce que les créoles n'ont jamais que des duels sérieux.

Ferdinand s'inclina en signe d'adhésion et Alfred éprouva un frisson glacial.

Bientôt le major arriva, il salua tout le monde, et serra les mains du colonel.

On traversa le taillis, et on arriva dans une éclaircie de terrain où le croissant de la lune, voilé par les nuages, laissait tomber une lueur sinistre. Ce paysage, qui n'est pas joyeux même à la clarté du soleil, empruntait à la nuit un caractère de désolation qui donnait des frissons aux plus braves. Les arbres à tiges grêles, couronnés d'un maigre feuillage, et tout blanchis encore par les dernières neiges ressemblaient à une procession de fantômes qui venaient chercher un cadavre pour l'ensevelir.

Le colonel, qui n'était pas homme à s'impressionner de ces aspects funèbres, se rapprocha d'Alfred pour charger les armes avec lui. Le malheureux témoin de Ferdinand se prêta de la plus mauvaise grâce du monde à cette cérémonie solennelle, et laissa tout faire à un expert plus adroit.

Les armes étant prêtes, le colonel s'exprima ainsi:

— Messieurs, les conditions du combat ont été réglées. Les deux adversaires se placeront à trente pas, avec la faculté d'avancer chacun de cinq. Il est inutile de tirer au sort pour le choix de la place, car il n'y a avantage de position d'aucun côté. Nous allons seulement nous en remettre au hasard pour le premier feu. Maintenant, que Dieu fasse selon sa justice !

Le hasard donna le premier coup à Ferdinand.

Alfred s'appuya contre un arbre et ferma les yeux.

Ferdinand marcha cinq pas, visa une minute et fit feu. Victor resta debout, l'avant-bras droit serré contre la poitrine et l'arme haute et appuyée sur la tempe.

Un jurement énergique retentit sur les lèvres de Ferdinand.

Victor abattit lentement son arme, avec l'aisance d'un habitué de tir, et riposta tout de suite. On entendit un cri sourd après le jurement, et Ferdinand tomba la face contre terre, avec la pesanteur du plomb.

Quand un homme tombe ainsi frappé, toutes les haines font trêve; on oublie les torts, on ne songe qu'au malheur.

Le chirurgien accourut le premier pour relever Ferdinand et examiner la blessure; le colonel lui prêta son aide, et Victor vint lui-même d'un pas précipité pour s'informer de l'état d'un ennemi qui n'était plus pour lui qu'un homme malheureux.

Alfred était anéanti comme si le même coup l'eût frappé.

La balle avait pénétré dans les chairs sur l'aine;

mais le chirurgien put l'en extraire, et il appliqua à la hâte le premier appareil.

On transporta Ferdinand jusqu'à la voiture, et le médecin le conduisit chez lui pour lui donner de nouveaux soins et le rappeler à la vie, s'il y avait quelque espoir de salut.

Victor, ayant fait tout ce que le devoir le plus scrupuleux lui permettait de faire, rentra en ville et ramena le colonel, qui devait être rigoureusement rendu à Versailles le lendemain avant le jour.

Ils se séparèrent à Paris, au coin de la rue du Helder. Victor, après avoir exprimé toute sa reconnaissance au colonel, lui dit :

— Je désire ardemment que cette affaire ne s'ébruite pas; on m'a dit qu'en France les duels sont poursuivis et conduisent les combattants et les témoins devant les tribunaux.

— C'est malheureusement vrai, remarqua le colonel.

— Si un pareil malheur m'arrivait, reprit Victor, je serais un homme à jamais perdu... Vous méritez toute ma confiance, car vous avez été aujourd'hui un second père pour moi. Eh bien! je puis vous confier un secret de famille : je vais me marier; j'épouse une jeune fille accomplie, et dont une immense fortune est la moindre des qualités à mes yeux, car mon père est très-riche aussi. Nous ne sommes que deux héritiers, mon frère jumeau et moi. J'aime avec passion celle que je prends pour femme, et, si ce duel vient à traverser par une cour d'assises, on me présentera comme un brouillon, un duelliste, un assassin peut-être, car mon adresse fatale sera exploitée contre moi par le ministère public, qui se sert de tout dans ses réquisitoires. Mon futur beau-père est un homme excellent, mais c'est un de ces esprits qui restent dans les sillons communs de la société bourgeoise, qui me croira flétri par un jugement, qui prendra au pied de la lettre tout ce que l'accusation dira contre moi, qui épousera tous les préjugés du monde et me fermera impitoyablement sa maison.

— C'est très-ingénieusement prévu, remarqua le colonel.

— Vous connaissez, colonel, cette malheureuse affaire ; vous savez si l'ombre d'un tort est de mon côté ; vous...

— Ne vous justifiez pas devant moi, interrompit le colonel ; je crois vous connaître depuis quinze ans : vous avez la sagesse, la bravoure et l'honneur. Dieu a bien jugé.

— Je vous remercie, dit Victor ému aux larmes.

— Croyez, reprit le colonel, que je ferai tout mon

possible pour étouffer l'affaire... j'y suis un peu intéressé aussi, dans ma position... J'écrirai aujour-
d'hui même au chirurgien mon ami, et je lui enver-
rai mes prescriptions. Fiez-vous à mon expérience,
et allez prendre du repos, votre main brûle ; ces
fortes émotions donnent la fièvre, ne vous inquiétez
plus de rien.

— Mon sort est entre vos mains, colonel.

— Maintenant je m'empare de votre voiture, et
je me rends à mon quartier. Il me faudra bien trois
heures, avec ces rosses, mais il n'y a pas à choisir,
le chemin de fer fait relâche. Vous savez mon adresse
à Versailles ; je sais la vôtre à Paris, nous nous re-
verrons, et sous de meilleurs auspices, je l'espère
bien.

Après quelques paroles amicales échangées avec
des serrements de main, le colonel et Victor se séparèrent devant l'hôtel du Helder.

VI

Dans la semaine qui suivit le duel, de bien tristes choses s'étaient passées dans la maison Dimmer. Le père s'exilait lui-même à sa maison de campagne de Saint-Leu avec un seul domestique, et il avait juré de ne rentrer à Paris qu'après la soumission de sa fille. Mme Dimmer avait subi des crises nerveuses qui mettaient en péril sa vie ou sa raison, et Anaïs, touchée des douleurs de sa mère, venait de prendre une résolution héroïque ; elle se sacrifiait au bonheur de sa maison, ou du moins au calme domestique, elle consentait à épouser le protégé de son père.

Sans vouloir amoindrir le mérite de cette noble

détermination, il faut pourtant ajouter qu'un rapport
de Virginie avait eu sur Anaïs une influence décisive. La femme de chambre, toujours bien instruite
par son journal, avait annoncé que le comte Ferdinand s'était éloigné de la maison, le lendemain du
dîner des fiançailles, et qu'il n'avait plus reparu.
Ce rapport de Virginie se trouvait en parfait accord
avec les observations particulières d'Anaïs. Plus
d'une semaine écoulée, la jeune fille, toujours fidèle
à son poste de la vitre, n'avait pas revu le comte
passer · dans la rue aux heures accoutumées,
quoique l'hiver eût bien adouci ses rigueurs dans
les premiers jours de mars, et que le trottoir voisin
fût envahi par de nombreux piétons, tout joyeux
d'aller et de venir, à l'air libre, avec les tièdes
effluves du mois du printemps.

Enfin, dans sa piété filiale, s'efforçant de tout
oublier, pour ne songer qu'à sa mère, elle avait
écrit à son père ce billet :

« Cher père,

» Je ne veux pas donner la mort à ceux qui m'ont
donné la vie. A force de combattre mes répu-
gnances pour le mariage, et non pour le mari, je
les ai surmontées enfin, et je viens à vous, avec

la soumission respectueuse que je vous dois, et je suis prête à faire tout ce que vous avez résolu dans votre sagesse pour le bonheur de votre fille. Ma bonne mère a fixé l'époque de mon mariage au 20 de ce mois.

» Je suis heureuse de penser que vous m'embrasserez ce soir.

» Croyez-moi, cher père, votre fille dévouée.

» Anaïs D. »

Cette lettre avait comblé de joie M. Dimmer qui partit tout de suite pour Paris, et trouva sa femme et sa fille aussi joyeuses qu'on peut le paraître lorsque la satisfaction est artificielle. Heureusement, M. Dimmer, comme tout homme habitué au bonheur, se contentait des apparences, et n'aurait pas voulu troubler sa vie par des contrôles, des examens, des études, choses toujours laborieuses. Il vit des sourires sur les charmantes figures de sa femme et de sa fille, et il crut sincèrement à un retour de bonheur, qui d'ailleurs était, disait-il, son ouvrage. Au reste, la mère et la fille avaient sagement pensé dans leur bon sens de femmes, qu'il ne fallait pas faire le sacrifice à demi, et qu'en se résignant à ce

mariage, elles devaient agir comme si elles l'ac-
ceptaient de grand cœur.

Anaïs, à sa première entrevue avec Victor, saisit
très-bien la nuance qui existe entre la joie et la
froideur ; sa diplomatie féminine resta dans les
limites de la plus parfaite convenance, à tel point
que Victor fut enchanté de l'accueil. M. Dimmer,
témoin de cette scène, dit tout bas à l'oreille de sa
femme : ils finiront par s'aimer comme deux tour-
tereaux.

Le grand jour du mariage arriva. Le rendez-
vous de famille et de quelques amis était à la maison de campagne de Saint-Leu, une délicieuse
résidence, qui, à travers les arceaux de ses arbres,
laissait voir la vallée de Montmorency et un horizon
magnifique ; mais quand la nuit tombait sur ces
massifs de verdure, elle donnait une profonde tristesse à ce paysage et ne semait que des ombres
noires autour du château.

Le repas de noces fut égayé par Florestan et
M. Dimmer ; Victor fit taire son amour pour laisser
parler son esprit, car il tenait à donner de lui une
bonne opinion à toute la famille. Anaïs paraissait
avoir mis beaucoup de soins à sa splendide toilette
qui, pour elle, ressemblait à une livrée de deuil ;
et, par intervalles, quelques sourires artificiels

semblaient donner des rayons à sa merveilleuse beauté.

Si, à travers les persiennes de la salle, un étranger avait vu le somptueux appareil de ce banquet de noces, ce luxe qui annonçait l'opulence d'une famille, ces convives dont les visages respiraient la joie la plus sincère, cette galerie dont le décor avait épuisé toutes les fleurs d'une serre tropicale, cette jeune fille qui attirait tous les yeux comme une déesse dans un temple, l'étranger aurait dit avec un enthousiasme envieux :

— Quelle fête éblouissante ! Quelle heureuse famille ! voilà pourtant ce que la richesse seule peut donner, et on ose dire que l'argent ne fait pas le bonheur !

Presque toutes les joies de ce monde ressemblent aux mensonges de ce festin.

Les chansons même et les gais refrains ne manquèrent pas à la fête. Florestan épuisa son répertoire un peu égrillard, mais que la circonstance faisait admettre : les éclats de rire accompagnaient les libations de champagne ; les applaudissements excitaient le chanteur, qui se livrait alors à des excentricités nouvelles ; enfin un toast aux mariés, porté par Florestan, mit l'exaltation à son comble, l'ivresse de la joie parut générale, et la nappe retentit d'un cliquetis formidable, lorsque Victor se leva pour répondre à Florestan.

Le jeune créole arrondit gracieusement son bras pour porter son verre à sa bouche, et d'une voix distincte et assurée il s'exprima ainsi :

— Je bois à vous, chers parents, chers amis. La plus belle de toutes les fêtes est une fête de famille : le plus beau de tous les festins est le festin du mariage. Heureuse serait la vie si on pouvait se réunir tous les soirs comme nous faisons aujourd'hui, avec des convives dont les cœurs battent à l'unisson pour l'amour ou pour l'amitié, ces deux nobles sentiments de l'âme, sans que la jalousie, la haine, le mensonge viennent troubler ce merveilleux accord. Quant à moi, je suis heureux de penser que personne ici ne porte envie à mon bonheur ; le contraire serait sans doute arrivé si notre fête avait pris ces grandes proportions qu'un monde étourdi donne aux mariages de l'opulence. Ici je vois partout briller la sérénité affectueuse ; je vois des parents et des amis heureux de me voir heureux : c'est pour moi le meilleur de tous les augures pour l'avenir de notre sainte union. Il est impossible qu'un mariage commencé sous de si beaux auspices ne conserve pas pour lui tous les jours la sérénité de ce premier soir. Chers parents, chers amis, au nom de ma femme et au mien, je vous remercie des vœux que vous formez pour nous. Ce que vos cœurs désirent, nous ferons tout pour l'obtenir de Dieu.

Dimmer pleurait de joie ; il se leva pour embrasser son gendre, et dit à sa femme : embrasse-le donc, ce cher Victor, et Mme Dimmer obéit avec un empressement qui parut naturel. L'agape devint générale; Victor, profitant de l'occasion, embrassa sa femme pour la première fois, et cueillit sur ses belles joues l'étincelle qui allumait l'incendie. Dès ce moment, il se transfigura, il grandit; et secouant sa trompeuse nonchalance de créole, il fit éruption comme un volcan des tropiques, et conquit l'estime et l'admiration de cette nouvelle famille de parents, et d'amis.

Dimmer courait autour de la table, en disant aux plus notables de ses convives : — Je vous l'avais dit — vous ai-je trompé ? — Est-il charmant ! — Voilà un gendre accompli ! — j'ose même dire qu'il est beau !

Ces éloges ne trouvaient aucune contradiction ; Mme Dimmer, elle-même, femme d'esprit avant tout, serra au passage, la main de son mari, et lui dit : — Je suis presque convertie à ta religion.

Seule, la jeune mariée garda une attitude froide;

mais on mit cette réserve sur le compte de la pudeur
agonisante. Minuit sonnait.

Un jeune convive, neveu de M. Dimmer, et avocat
stagiaire, se leva pour une motion. Tout le monde cria
de se taire à tout le monde, et l'orateur parla ainsi :

— Chers convives, notre nouveau parent, le
héros de cette soirée, l'heureux favori de l'hymen a
dit avec juste raison qu'une pareille fête ne devait
pas finir ; en effet, se séparer après tant de joie,
c'est se préparer un bien triste lendemain. Je pro-
pose donc à mon cher oncle de donner à tous les
millionnaires un exemple qui ne sera pas suivi, et
qui n'a été donné qu'une fois par le puissant roi
Assuérus, c'est de prolonger ce festin et cette fête
jusqu'à l'époque où nous partons pour nos terres.
Nous nous fixerions tous ici jusqu'au 15 mai sans
déranger la table, et en gardant nos places. On
ne changerait que la nappe et les fleurs. Chers amis,
une absurde coutume inventée par une fausse pru-
derie, est encore en vigueur à Londres, et subsis-
tera toujours, comme tout ce qui est absurde : on
exile les jeunes mariés à l'auberge de *Star and
Garter*, à Richmond, comme s'ils avaient commis un
crime, et on les abandonne à leur ennuyeuse solitude
pendant un mois. Eh bien ! nous tous, heureux
complices de ce beau mariage, nous nous exilons

dans ce château de Saint-Leu, pour avoir notre part des doux rayons d'une lune de miel, et nous renouvelons, après trois mille ans, la fête et le festin d'Assuérus, ce fameux festin de Suse, qui dura cent quatre-vingts jours!

Des applaudissements unanimes accueillirent cette motion, et M. Dimmer, imposant silence à l'enthousiasme, s'écria :

—La fête et le festin se constituent en permanence. Si tout le monde est bien chez moi, que tout le monde y reste. Mon château vous appartient.

— Vive Assuérus! crièrent les convives. Anaïs garda le silence.

Cette abstention ne fut pas remarquée ; tous les yeux étaient fixés sur Dimmer.

Le désordre de la joie et de l'ivresse éclata autour de la table; tous les convives se levèrent, et se formèrent par groupes, pour se communiquer leurs émotions. A la faveur de ce tumulte, Mme Dimmer et Anaïs sortirent sans être aperçues et montèrent aux appartements.

Quand le moment de la cruelle séparation arriva, la jeune mariée eut un moment de faiblesse qui effraya sa mère; l'énergie triompha, et Anaïs eut même la force de contenir des larmes prêtes à déborder de ses paupières :

— Croyez bien, chère mère, dit-elle, croyez qu'en ce moment, je n'éprouve qu'une seule douleur... la douleur de ne plus vous appartenir.

On entendait toujours les voix, les éclats de rire des invités, et ce fracas joyeux ne semblait devoir s'éteindre qu'au lever du soleil. Le bonheur est chose si rare qu'on le retient tant qu'on peut, lorsqu'on le tient.

VII

« Cher frère,

» Mon mariage est âgé de quinze jours. La veille de mes noces, j'ai envoyé, par la voie du Havre, à mon père, le portrait de ma femme : c'est une réduction du grand portrait de Dubuffe. Quoique très-ressemblant, il donne à peine une idée de la merveilleuse perfection du modèle. C'est une gerbe de gaz parodiant le soleil.

» La fête de mon mariage dure encore au château de mon beau-père, et je ne sais trop quand elle finira. Les invités se sont domiciliés chez nous, et ne font pas mine de vouloir en sortir bientôt.

» Je laisse croire que ce tumulte me plaît. Ces gens si heureux seraient au désespoir s'ils savaient qu'ils me deviennent intolérables. J'avais besoin de faire cette confidence à quelqu'un, et je te l'écris.

» Ce qu'il me faudrait à présent, c'est la solitude du paradis terrestre, avant la faute. Les témoins sont les nuages qui troublent la sérénité de la lune de miel.

» Je suis inquiet surtout de voir que ma femme ne partage pas mes idées sur ce point : elle se plaît à vivre au milieu de cette petite foule qui est une famille; elle a des amitiés pour tous, des sourires pour tous; on voit qu'elle a besoin de ce petit fracas domestique et qu'elle ne fera rien pour en avancer la fin.

» Tout cela m'a fait découvrir un défaut, qui menace de grandir; je me crois jaloux. Il y a des moments où je me sens brûler par une fièvre inconnue, où mes pieds sont transis par le froid, où mon front se couronne de tisons rouges; c'est lorsque ma femme parle avec ses cousins, en les tutoyant. J'ai lu dans un roman que les maris devaient se méfier des cousins : à Paris, cousin est presque toujours synonyme d'amant. A cela près,

je n'ai qu'à me louer de ma femme; en nous
mariant l'amour ne pouvait exister que d'un côté,
du mien. J'ai adoré Anaïs à première vûe; mais,
hélas ! je ne suis pas de ces Adonis qui ont le droit
d'exiger la même spontanéité de passion chez une
femme ! Je crois, et j'ai besoin de croire qu'elle
finira par m'aimer. Tu ne saurais dire de quels
soins, de quelle tendresse, de quel amour j'envi-
ronne mon idole. Eh bien ! infailliblement, viendra
le jour où cette affection de tous les instants aura
sa récompense, seulement (et voici l'incompréhensible) je redoute ce jour ; il me semble que je ne
suis pas assez fort pour supporter le bonheur d'être
aimé.

» Donne-moi des nouvelles de notre chère colonie;
soigne bien mon père qui n'a plus que toi pour
soutien ; et reste garçon, si tu crois être du bois
dont on fait les jaloux.

» Ton bon frère et ami,

» VICTOR.

» Paris, 5 avril 1856, à Saint-Leu, chez M. Lucien
Dimmer. »

VIII

Dans une chambre à coucher d'un vaste hôtel de
la rue Caumartin, deux jeunes gens, bien connus de
nous, causent ensemble. L'un des deux achève de
s'habiller et dit en se regardant au miroir :

— Je me trouve encore bien pâle, et décidément
je ne ferai pas ma première sortie aujourd'hui.
Ainsi, mon cher Alfred, je te charge de l'expédition.

— Ce diable de Ferdinand! dit Alfred, il se fie à
son miroir! Ce miroir est vieux et ne sait plus ce
qu'il dit; il a servi à ces douairières, tes ancêtres
Pompadour peintes, et exposées dans ta chambre
par Fragonard. Je suis ton miroir, moi, et je jure

sur mes joues écarlates que tu as repris tes couleurs... Mais, enfin, que crains-tu ?

— Parbleu! interrompit Ferdinand, tu le sais
bien ce que je crains!... Je crains que ma pâleur
ne me trahisse, si je rencontre des amis bavards et
indiscrets comme tous mes amis; et ils feront des
conjectures, des suppositions, que sais-je, moi? Ils
devineront que je me suis battu en duel, ce
bruit fera le tour de Paris, c'est-à-dire qu'il rebon-
dira du passage Jouffroy à l'angle de la Chaussée-
d'Antin, et il va me mettre sur les bras ce terrible
colonel de Versailles, qui nous accable de lettres
pour nous recommander la perpétuité dans la discrétion et qui a emprunté à Damoclès son épée
pour la suspendre sur nos têtes... Veux-tu te battre
avec le colonel, toi?

— Non, sapristi! mille fois non! j'aimerais mieux
élever des singes, comme Robinson, dans une île
déserte.

— Alors, reprit Ferdinand, tu veux que je m'expose à me faire tuer une seconde fois?

— Non plus, il ne me reste plus que toi pour
capital; ta vie me fait vivre, le lierre meurt quand
l'ormeau tombe. Je sais trop ce que j'ai souffert
jusqu'au jour de ta guérison.

— Enfin, je veux te dire mes projets, Alfred.

Maintenant, on ne peut plus épouser la riche héritière, puisqu'elle est mariée ; mais, comme d'après le rapport de mes espions, je sais qu'Anaïs a été traînée à l'autel, comme Iphigénie, par un Agamemnon de la Bourse ; mais, comme je sais qu'elle garde toujours un bon souvenir de moi, je veux maintenant exploiter cette famille et prendre une rognure de ses millions.

— Deux rognures, dit Alfred.

— Soit, reprit Ferdinand ; le père ignore tout ; Victor n'en sait pas davantage. Je suis dans les bonnes grâces de la mère et de la fille ; je me ferai présenter dans la maison, et, par le crédit des deux femmes, nous pourrons, sous le patronage de Dimmer, recommencer nos opérations de bourse et regagner ce que nous avons perdu dans ce maudit établissement.

Alfred fit une pantomime dont le sens n'était pas une approbation.

— Il me semble, reprit Ferdinand, que tu ne donnes pas ton adhésion à ce projet.

— J'en aimerais mieux un autre, dit Alfred.

— Lequel, par exemple ?

— Ah ! si j'avais assez d'imagination pour faire des projets, je ne jouerais pas le rôle de comparse, je serais chef d'emploi. C'est à toi, Ferdinand, à trouvermieux.

— Oh! je devine tes projets; mais ils sont stupides.

— N'insulte pas les absents; je n'ai point de projets.

— Tu te fais trop modeste, Alfred. Alors, je vais te dire les projets que tu aurais pu concevoir, si tu avais eu de l'imagination.

— Voyons ce que j'aurais pu concevoir.

— C'est une idée banale qui est dans tous les drames et tous les romans. Il s'agirait de recommencer mes promenades, de me ménager une entrevue avec Anaïs et d'user de toutes les ressources d'un Lovelace de profession, pour devenir son amant. Alors je serais maître de la situation, et je trouverais mon filon d'or dans ce placer californien de Saint-Leu.

— Mais, dit Alfred, les idées banales sont toujours celles qui réussissent.

— Mon ami, reprit Ferdinand, tu n'entends rien à la théorie de la séduction.

— C'est vrai, on m'a toujours séduit. Je suis trop paresseux pour faire le siége d'une femme, et quand on m'assiége je me rends à la première sommation.

— Moi, reprit Ferdinand, je suis ingénieur en amour, et j'ai l'activité de la passion. Or si je ne commence pas le siége d'Anaïs, c'est que le moment de la réussite n'est pas venu. Il faut attendre, et c'est de l'argent à la minute qu'il nous faut; maintenant, je t'avoue que je n'ai aucune prédilection pour un projet. Il y a des obstacles partout. Il vaut mieux peut-être marcher au hasard, et attendre notre secours de l'imprévu. Ce n'est pas nous qui faisons notre vie, c'est la vie qui nous fait. Aussi, je t'envoyais chez notre espion, le portier de l'hôtel Dimmer, pour savoir s'il y a du nouveau à Saint-Leu. D'un moment à l'autre, il peut nous arriver une chose qui nous fera détruire tous nos plans préconçus, en nous ouvrant une issue nouvelle.

— Oui, dit Alfred, je crois que le hasard est plus intelligent que nous; attendons l'effet de ses combinaisons; mais fournissons-lui l'occasion de nous servir. Si nous n'agissons pas, le hasard restera oisif. Veux-tu que je te donne un conseil.

— Donne, je l'examinerai.

— Non, il faut le suivre sans examen, parce qu'il est bon... Anaïs s'est mariée par désespoir; ta blessure t'a cloué sur un lit pendant six semaines; Anaïs te croit mort : montre toi à elle, et le hasard fera le reste.

— Me montrer à elle? dit Ferdinand; mais c'était bien là mon intention dans mon plan primitif, puisque je voulais me servir de son crédit et de celui de sa mère pour me faufiler dans...

— Non, interrompit brusquement Alfred; ce n'est pas cela... Anaïs est une femme romanesque; ce n'est pas une présentation qui peut l'émouvoir, c'est une apparition. Aujourd'hui, toute la société de Saint-Leu rentre en ville, comme l'attestent nos rapports. Demain, Anaïs et Victor seront seuls au château. Je vais écrire une lettre ce soir à Victor, je lui donnerai un rendez-vous, à trois heures, au passage des Panoramas, pour lui communiquer la lettre que nous avons reçue du colonel. Il viendra, c'est immanquable; le colonel est un épouvantail. Toi, de ton côté tu partiras par le chemin de terre, pour éviter le chemin de fer. Tu connais le parc du château; il est fermé par des grilles qui donnent vue sur la campagne. Infailliblement, Anaïs, restée seule, viendra promener ses rêveries dans le parc. C'est alors qu'il faudra faire jouer le ressort fantastique de l'apparition et donner au hasard une bonne occasion de te servir.

— Alfred, mon ami, dit Ferdinand, tu te calomnies lorsque tu prétends que tu es dépourvu d'imagination; ton plan est superbe; je l'approuve à l'unanimité. Voyons, écrivons ta lettre et pesons bien chaque mot.

Alfred quitta le divan où il fumait avec nonchalance, se plaça devant le bureau de Ferdinand et dit :

— Je n'entends rien au style épistolaire; pèse et dicte, j'écrirai.

Ferdinand caressa son front, réfléchit quelques instants, et dicta ce qui suit :

« Paris, mai 1856.

» Monsieur,

» Je vous écris sous le plus grand secret, parce que ma lettre se rattache à une affaire mystérieuse qui ne doit être connue de personne. Jusqu'à ce jour rien n'a été divulgué. La police même de Paris, toujours si clairvoyante, a ignoré la rencontre de Vincennes. Il faut donc persévérer dans notre discrétion. Comme rien ne doit être ignoré par les intéressés, je tiens à vous communiquer une lettre que j'ai reçue du colonel de Versailles : c'est un homme dont le cœur est excellent, mais sa susceptibilité est extrême; il faut donc le ménager. Je vous attends demain à trois heures, au passage des Panoramas, galerie de l'Horloge.

» Croyez bien, monsieur, qu'après un combat honorable, il ne reste plus de part et d'autre que des amis.

» Agréez l'expression des sentiments d'estime de votre dévoué,

» ALFRED MORAND. »

— Maintenant, dit Alfred, je n'ai plus besoin de toi pour le reste, pourvu que tu me permettes de t'emprunter un louis que je ne te rendrai pas.

— Un louis ! mon cher, voilà le dernier qui se promène sur la cheminée, et il m'est nécessaire pour mon excursion à Saint-Leu.

— Diable ! reprit Alfred ; notre chrysomètre est au-dessous de zéro ! je ne puis pas vivre dans cette température... j'emprunterai trente mille francs...

— A qui ?

— A celui qui les a... peu t'importe !

— Mais tu fais donc des excès d'imagination ?

— Laisse-moi faire.

— Mais, Alfred, il faudra les rendre, les trente millefrancs ?

— Enfant ! est-ce que je les emprunterais, s'il fallait les rendre ?

— Mais il n'y a rien contre l'honneur ? Songe que je suis gentilhomme !

— Et moi aussi, mon aïeul s'appelait Ulysse.

— Non, trêve de plaisanterie, Alfred ; cet emprunt ne peut pas nous conduire à la sixième chambre ?

— Ferdinand, tu es un imbécile d'esprit. Crois-tu que je serais assez niais pour me laisser prendre dans la souricière d'un avocat ? Nous vivons dans un temps où il est si aisé de gagner de l'argent sans risque judiciaire, qu'il faudrait être fou pour se compromettre devant la loi. Je puis te citer cent hommes honnêtes qui ont trouvé des facilités pour s'enrichir, et qui, le siècle dernier, auraient été forcés d'employer des moyens illicites qui les auraient conduits dans les poivrières du Châtelet. L'habileté a fait des progrès énormes comme tout le reste. Enfin, veux-tu que je te dise le secret de cet emprunt ?

— Alfred, je l'exige.

— Demain, dans mon entretien avec le jeune Américain, je lui dirai d'une voix émue que le maître de la maison où tu as été déposé à Vincennes croit, ou fait semblant de croire qu'il y a beaucoup plus qu'un duel dans le mystère de cette nuit sanglante, et qu'il faut à tout prix acheter sa discrétion. J'ajouterai que nous avons fixé à quatre-vingt-dix mille francs l'achat de cette discrétion, et que lui, Victor, doit y entrer pour un tiers... Que dis-tu de mon idée?

— Je dis qu'elle est abominable, répondit Ferdinand d'un ton sévère, et je te défends d'y donner suite.

— Alors, n'en parlons plus, reprit Alfred; tu ne mérites pas de vivre dans le dix-neuvième siècle; tu es un mauvais sujet vertueux.

— J'ai là, dit Ferdinand en désignant son secrétaire, de vieux bijoux et de la vieille vaisselle au poinçon de Paris, et je ferai de l'or neuf avec ces antiquailles. Demain, tu iras les porter chez les brocanteurs.

— Soit, dit Alfred; ce soir nous irons à l'Ambigu-Comique.

— Et pourquoi? dit Ferdinand.

— Pour étudier Mélingue, qui joue un rôle absolument semblable à celui que tu dois jouer demain devant la grille du parc de Saint-Leu, et tu prendras des leçons.

— Ma foi! dit Ferdinand en riant, cela pourra m'être utile.

— Tu vois que je pense à tout, reprit Alfred; maintenant je cours jeter ma lettre à la poste. Sans adieu! à ce soir.

IX

La longue fête du mariage avait été célébrée dans l'intérieur du château ; un printemps obstinément pluvieux comme tous les printemps, n'avait pas permis aux invités la plus courte excursion dans le parc. A chaque instant on répétait en chœur, devant les vitres, cette plainte anniversaire : *Quel horrible printemps nous avons cette année! Les saisons sont toutes bouleversées!* Les anciens ajoutaient : *Dans notre jeunesse, ce n'était pas ainsi!*

On peut lire la même phrase dans l'almanach de 1709.

Tout à coup, l'été fit invasion en plein mois de mai, avant la date de son engagement. La rosée

remplaça la pluie du matin; la nature quitta son
deuil de belle femme éplorée et reprit sa gaieté ra-
dieuse ; les fleurs malades se relevèrent sur leurs
couches, le soleil illumina les cimes des arbres, les
collines se découpèrent sur un fond d'azur, l'ombre
se fit douce et le rossignol essaya timidement sa
roulade d'or, comme pour faire une répétition de
ses grands concerts du mois de juin. L'amour semblait aussi moduler son hymne dans les tièdes fré-
missements des arbres et de l'air.

Le jour même de cette renaissance, Victor reçut
la lettre d'Alfred, qu'un domestique étourdi lui présenta devant Anaïs.

— Qui peut m'écrire de Paris? dit le jeune créole
d'une voix émue.

Les lettres portent sur leur adresse le caractère
de leur contenu; avant de les ouvrir, on devine le
bien ou le mal qu'elles vous annoncent.

Victor ouvrit la missive en tremblant, la par-
courut avec rapidité, la froissa involontairement
dans ses doigts convulsifs, et dit :

— Ce n'est rien.

— Cela veut dire, c'est beaucoup! dit Anaïs.

— C'est une lettre de mon homme d'affaires,
reprit Victor sur un ton faussement naturel.

6.

— Alors, je puis la lire, dit Anaïs en jouant la jalousie.

— Tu sais, mon ange, dit Victor en souriant, que les hommes d'affaires ont quelquefois des secrets.

— Gardez les secrets de votre homme d'affaires, reprit Anaïs.

Et elle s'éloigna rapidement.

Cependant la lettre était impérieuse; il fallait partir sur-le-champ, et ne pas manquer le convoi à la station de Franconville. Ce mouvement de jalousie, que Victor avait cru saisir dans la parole d'Anaïs, lui causait d'ailleurs un si vif sentiment de joie que, non-seulement il ne regrettait pas l'incident de cette lettre, mais il le bénissait. La jalousie, pensait-il, est la délatrice de l'amour; il fallait une occasion comme celle-là pour m'instruire, car son amour est bien caché.

Ce raisonnement lui rendit son énergie et lui donna même un peu de fierté. Il se présenta devant sa femme en tenue de ville, et lui dit:

— Chère ange, cette lettre m'appelle impérieusement à Paris, pour...

— C'est bien, monsieur, interrompit brusquement Anaïs, on ne vous demande aucune explication.

— Anaïs, reprit Victor, il y a urgence; je te promets, à mon retour, de te faire une confidence... de violer même un serment d'honneur... Il s'agit d'un malheureux duel que j'ai eu avant mon mariage... Voilà la lettre; tu la liras. A six heures, je serai de retour.

Il embrassa sa femme, et partit.

Cette émotion de jalousie et de dépit qu'Anaïs fit paraître n'était qu'une précaution vague prise pour l'avenir, dans un cas de représailles; au fond du cœur restait toujours cette indifférence incurable, qui ne pouvait jamais s'élever à l'amour ou à l'amitié, ni descendre à la haine ou au mépris.

La jeune femme éprouva même une sorte de joie, en voyant s'éloigner son mari; elle allait au moins savourer le repos d'un entre-acte dans ce drame passionné que l'ardent créole jouait sérieusement depuis le premier jour, et dans cette froide comédie qui devenait, à la longue, un pénible travail dans le rôle de la jeune femme. Si cette trêve qui suspendait la passion vraie et la réplique menteuse avaient pu durer toujours, Anaïs aurait cru avoir atteint le seul genre de bonheur qu'une fatalité ironique pouvait lui donner.

Cet horrible printemps qui avait caché ses fleurs et donné son deuil à la longue fête du mariage,

s'était mis en parfaite harmonie de couleurs avec
les tristesses intimes de la jeune mariée. Toutefois,
lorsqu'elle se vit seule et maîtresse de sa solitude,
elle donna un premier regard au monde extérieur,
à ce divin tableau fait d'ombre et de lumière, et
elle versa des larmes en songeant que l'amour est
l'unique invité de ces fêtes de la nature, et qu'elle
en était exclue à jamais comme coupable de piété
filiale et d'héroïque dévouement.

Voulant dérober ses douleurs à l'espionnage domestique, elle ouvrit négligemment la porte de la
terrasse et se réfugia sous les arbres du parc, afin
de souffrir plus à son aise. Tout ce qui lui aurait
donné joie et bonheur aux pures années de sa jeunesse ajoutait plus d'amertume à sa mélancolie:
l'éclat des fleurs, l'ombre suave, le rayon adouci
par les feuilles, les grâces du printemps, la gaieté
de l'azur, la melodie des arbres, le concert des
oiseaux, l'hymne des fontaines, tout ce que Dieu
a fait sortir du ciel pour consoler la terre, tout
arrivait aux yeux et aux oreilles d'Anaïs comme un
tableau lugubre ou un murmure discordant; elle
aurait subi les mêmes impressions, la nuit, dans un
cimetière désolé, lorsque le vent triste de novembre
agite les hautes herbes des tombes et les cimes
noires des cyprès.

Elle s'assit sur un banc de gazon et ouvrit un livre de poésies, afin d'oublier sa pensée dans la pensée d'un autre. Un livre est la seule distraction de la solitude ; mais en lisant une certaine quantité de feuillets, on découvre toujours un passage qui semble écrit pour vous.

Anaïs rencontra ces vers :

Mai

Mois charmant, où la mort, fille de l'hiver sombre,
Meurt et laisse la vie à des êtres sans nombre,
Où venu de l'exil, notre soleil si beau
A fait fondre la neige, image du tombeau,
Quand j'ai bien contemplé tout ce que tu nous donnes,
Tes roses, dont l'amour va faire des couronnes,
Tes dômes d'arbres verts, tes tapis de gazon,
Ton azur radieux qui flotte à l'horizon,
Tous ces ressuscités, cadavres de la veille,
Se levant pour peupler un monde qui s'éveille :
Quand éclate un concert d'eaux vives et de chants,
Je veux mêler ma voix à ces accords touchants ;
Mais, hélas ! tout à coup une triste pensée
Sur ma lèvre suspend la strophe commencée ;
L'ennui, fils du désert, m'accable, et je me dis :
L'Ève de mon amour manque à ce paradis ;
Froide création, où mon regard avide
En cherchant le tableau ne voit qu'un cadre vide,
Que faire de tes dons ? Qu'importe à mes ennuis
Le doux rayon des jours ou la fraîcheur des nuits ?

Si deux voix à deux cœurs ne se sont pas unies
Sous ton ciel, tes faveurs seront des ironies :
Tant de célestes biens sont des biens superflus,
Si l'on ne m'aime pas ou si je n'aime plus !

La jeune femme lut une seconde fois ces vers en donnant, à chaque repos, un sourire ironique au luxe inutile de la création. Puis sa pensée se réfugia dans l'avenir pour y découvrir la consolation du présent ; mais elle ne vit dans cet abîme que la désolante succession des mêmes tristesses. Elle se vit condamnée à maudire éternellement tout ce qu'elle aimait en ce monde : le soleil, son Dieu visible ; les fleurs, ses compagnes ; le printemps, son rêve d'amour.

Elle ferma le livre, le laissa sur le banc et, marchant au hasard, elle arriva devant la grille du parc.

Au bruit strident de la locomotive qui reprenait son vol à la station de Franconville, Anaïs leva la tête et aperçut, à la distance de deux pas, un jeune homme debout dans l'attitude du respect ou de l'adoration.

Du premier coup d'œil elle le reconnut, et sa bouche ouverte se referma vivement pour étouffer le cri de la surprise, et ses deux mains se cramponnèrent à la grille de fer pour venir en aide aux défaillances des pieds.

Conseillée par le devoir, elle allait fuir; mais elle crut trouver dans sa faiblesse subite un honorable prétexte pour ne pas s'éloigner.

Deux mains suppliantes se tendirent vers Anaïs; une parole du timbre le plus doux, un regard d'une expression ineffable accompagnèrent le geste, et la jeune femme entendit ces mots :

— Madame, au nom du ciel, écoutez-moi. La divinité ne repousse jamais la prière d'un mortel.

L'immobilité d'Anaïs ressemblait à un encouragement muet. Le jeune comte poursuivit ainsi :

— Si vous connaissiez, madame, l'horrible secret de ma brusque désertion, vous n'auriez pour moi que pardon et pitié; ma pâleur vous dira bien mieux que ma bouche que je suis un miracle parmi les vivants, que mes pieds ont côtoyé la tombe, et que j'ai ressaisi l'existence par la force de mon amour.

Cette pâleur avait déjà frappé Anaïs; elle donnait au visage du jeune homme cette expression touchante qui commande l'intérêt et n'autorise pas l'injurieuse froideur du silence.

— Monsieur, dit Anaïs avec émotion, je suis toujours profondément touchée des douleurs d'autrui, je leur donne une plainte sincère; mais mon devoir ne me permet pas de prolonger cet entretien.

Elle fit un mouvement pour s'éloigner de la grille, mais la main du comte s'allongea en se crispant, comme si elle eût voulu retenir l'air à défaut d'autre chose, et Anaïs entendit cette terrible parole :

— Madame, quelques jours avant votre mariage, j'ai été blessé dans un duel; je me réjouissais de ma guérison, vous me la faites maudire aujourd'hui.

— Un duel! dit la jeune femme, en appuyant de nouveau ses mains sur la grille, un duel!... Et quel était votre adversaire, monsieur le comte?

— Oh! madame, reprit Ferdinand les mains jointes, demandez-moi d'arrêter au vol ce convoi qui passe, j'irai me faire écraser sous ses roues de fer; mais ne me demandez pas le moindre détail sur ce duel. C'est le mystère de mon bonheur!

— Le nom! le nom! vous dis-je, reprit la jeune femme en secouant la grille du parc.

— Madame! au nom du ciel!...

— Adieu! monsieur le comte, interrompit Anaïs.

Et elle fit un pas en arrière pour s'éloigner.

— Madame! s'écria le comte, vous me promettez un secret inviolable...

— Oui, interrompit Anaïs, votre secret ne sera pas trahi, je le jure!

Ferdinand feignit de faire un violent effort sur

·lui-même, et dit sur le ton d'un homme qui croit
commettre un crime :

— Mon adversaire était... votre mari.

— Il vous redoutait donc... comme...

—·Probablement, madame, interrompit le comte.

— Et il vous a provoqué sans doute ?

— Oui, madame... je n'avais, moi, aucune raison pour le provoquer ; je ne le connaissais pas.

— En quel endroit vous êtes-vous battus ?

— Dans le bois de Vincennes.

— A quelle heure ?

— Au milieu de la nuit.

— En quel lieu vous a·t-il provoqué ?

— A l'Opéra. Votre... mari... j'ai de la peine à
prononcer ce mot... votre mari... un provincial
créole... troublait le spectacle en applaudissant
avec un fracas exagéré les danseuses et les canta-
trices ; j'ai voulu poliment le ramener aux usages
du grand monde parisien, il m'a menacé d'un
soufflet... Vous savez, madame, que les créoles
sont les duellistes de la nature... A pareille insulte,
il fallait réparation. La raison a eu tort. J'ai reçu
une blessure jugée mortelle. Quoi d'étonnant ! ce
jeune homme a employé aux exercices des armes
tout le temps que j'ai consacré aux exercices de
l'esprit. La partie ne pouvait être égale. Jugez de

ma surprise et de mon désespoir, madame, lorsque,
rendu à la vie, j'ai lu dans les journaux le nom de
mon... meurtrier uni au vôtre, à l'article *Publica-*
tions de mariages. C'est ma seconde blessure,
celle-là ; elle est mortelle et je la bénis.

L'accent dramatique qui accompagnait ces paroles avait une onction si pénétrante que la jeune
femme pleura et ne cacha pas ses larmes. Un silence se fit, un silence sombre du côté d'Anaïs, un
silence observateur du côté de Ferdinand.

Après quelques instants qui n'avaient pas été
perdus pour une énergique résolution, Anaïs dit :

— Croyez bien, monsieur, à tout l'intérêt que je
porte à vos malheurs; votre désespoir serait donc
une ingratitude. Ne soyez donc pas ingrat et vivez.

Anaïs salua le comte et disparut dans les massifs
du parc.

Craignant d'être surprise dans son trouble, elle
voulut se donner comme prétexte une agitation artificielle, et, se mettant au piano, elle épuisa les
airs choisi de ses partitions favorites en les amon-
celant avec négligence sur le parquet, comme pour
attester les distractions de sa furie musicale. *Otello*
était attaqué lorsque Victor descendait de cheval
sur la terrasse à l'heure précise du dîner.

Il entra et courut à sa femme à travers un archipel de partitions.

— Chère ange, lui dit-il en l'embrassant, je te défends d'abuser du piano. Tu es écarlate; regarde-toi au miroir.

— Monsieur, dit Anaïs en minaudant, je m'ennuyais toute seule et je me suis joué quatre opéras. C'est votre faute. Pourquoi me quittez-vous ?

— Mon amie... je t'ai dit la raison... une affaire grave...

— Vous avez donc des duels, monsieur? Un homme marié!

— J'étais garçon... Mais ne parlons plus de cela...

— Parlons-en, au contraire, monsieur... c'est trop facile de dire, *ne parlons plus de cela*, quand le *cela* vous gêne... Voyons... je suis votre juge... répondez... à quel propos avez-vous eu ce duel de garçon?

— Au nom du ciel, mon ange adoré, ne m'adresse pas cette question!... j'ai juré...

— Tant pis pour vous! je vous délie de votre serment...

— Impossible!

— Allons donc!... vous avez juré obéissance à votre femme... obéissez... Victor, mon ami... cette curiosité n'est que de l'affection... réponds... c'est le cœur qui interroge...

— Anaïs! dit Victor avec la voix du désespoir, tu rendrais parjure saint Régulus... Eh bien!... j'ai eu ce duel à la suite d'une discussion à l'Opéra... n'exige rien de plus...

— Avec qui?

— Rien de plus, Anaïs.

— Le nom seulement de ton adversaire?

— Jamais.

— Le petit nom... ah! le petit nom... tu vas me le dire en m'embrassant, ce sera plus aisé.

— Ferdinand, dit Victor anéanti. Mon Dieu! ne me demande plus rien!

— A quel endroit vous êtes vous battu? Tu vois que ce n'est rien.

— A Vincennes.

— Quelle imprudence!... dans une ville de garnison!... le bois est rempli de soldats qui se promènent...

— Il n'y avait personne... Nous nous sommes battus au milieu de la nuit...

— Et personne n'a été blessé? demanda la jeune femme avec un ton fort naturel.

Victor ne répondit pas et promena ses doigts sur le clavier du piano.

Anaïs fit la même demande une seconde fois.

André parut sur le seuil de la porte et annonça que madame était servie.

Victor offrit son bras à sa femme, qui lui dit :

— Votre silence m'apprend que l'autre a été blessé.

— Mais au moins je n'ai rien dit, moi, dit Victor en s'asseyant.

Il arrivait ainsi ce qui arrive presque toujours ; le mensonge audacieux triomphait de la vérité timide.

L'avenir nous fera connaître les sentiments qui agitaient le cœur d'Anaïs dans cette minute décisive.

— Eh bien! chère amie, te voilà retombée dans ton silence! dit Victor ; c'est la première fois que nous dînons en tête-à-tête. Vas-tu me laisser le monologue? Tu dois cependant avoir appris l'art des duos, dans les quatre opéras que tu viens de te jouer.

— Méchant! dit Anaïs, en reprenant ses minauderies, il vous sied bien de faire de la raillerie, vous qui m'avez abandonné trois heures, et qui devriez me demander grâce, comme un...

— Mais, belle reine, il me semble que vous m'aviez donné mon congé ?

— Vous l'avez pris, monsieur... mais cela ne vous arrivera plus.

— Et à quoi me condamnes-tu ?

— A être mon ombre.

— La punition est une récompense.

— Comprenez-vous, monsieur, que je n'avais personne pour tourner les feuillets de musique !... Vous êtes cause que j'ai estropié la romance du *Saule*, comme aux Italiens.

— Et qu'a dit le public ? demanda en riant Victor.

— Vilain moqueur ! le public c'est moi ; je chante pour moi, et je veux me plaire.

— Comme le rossignol chante pour l'arbre, et pour se plaire, remarqua Victor.

— Et le rossignol a raison ; c'est un véritable artiste. Si vous sortiez de son conservatoire, je vous engagerais, et nous chanterions ensemble toute une partition...

— Hélas ! dit Victor, il n'y a pas de rossignol en Amérique.

— Vous aimez mieux apprendre d'autres choses, chez d'autres professeurs... Oh ! ces créoles ne devraient jamais se marier !

— Ah ! dit Victor, pourquoi condamnez-vous mes compatriotes au célibat ?

— Parce qu'ils donnent continuellement des inquiétudes à leurs femmes... Je ne suis plus tranquille, moi... Vous êtes tous des duellistes, vous avez la manie des armes; vous sortez tous de la tribu de la Tortue et du Grand-Serpent. Je parie que vous êtes tatoué sous la flanelle.

— Tu gagnerais ton pari, belle sibylle; j'ai sur le bras droit, ici, l'honorable tatouage de mon compatriote Saint-Georges...

— Un spadassin ! interrompit Anaïs.

— Un maître en escrime, poursuivit le jeune créole ; on lisait sur son bras, comme on lit sur le mien : *Honneur aux armes!*

— Et vous êtes sans doute aussi de première force sur les armes à feu ?

— Docteur *in utroque*, reprit Victor en riant : *je fais mouche à tout coup, comme le banc d'épreuve.*

— Voulez-vous bien me traduire ce créole en français?

— Eh bien ! je tue une hirondelle au vol.

— Jeune fou ! au lieu d'apprendre la musique !

— Mais, ma chère enfant, nous sommes, nous, très-chatouilleux sur le point d'honneur, et si l'on nous insulte, nous ne pouvons pas nous défendre avec un *ut dièse* ou un *si bémol.*

— Et quand vous insultez, reprit vivement Anaïs, vous tuez?

— Ah! celui qui me manque n'est pas manqué.

La jeune femme fit un mouvement qui échappa au regard de Victor.

— Mais, reprit Victor après un court silence, je suis jeune encore, et si tu consens à me donner des leçons, je saurai la musique l'été prochain.

— Je veux bien, dit Anaïs avec un faux sourire; vous connaissez déjà au moins les principes?

— Oui, l'alphabet.

— C'est beaucoup... Et vous aimez la musique?

— C'est ma seconde passion.

— Et quelle est la première?

— C'est ton secret.

Anaïs qui, avec une habileté féline, prenait toute sorte de détours pour arriver à son but et arracher à Victor ce qu'elle voulait savoir, se leva de table et entra au salon.

Victor la suivit; il était radieux et triomphant, comme Samson avant la coupe des cheveux.

La jeune femme ramassa, comme par hasard, la partition d'*Otello*, et dit avec nonchalance :

— Othello était d'Amérique, je crois.

— A peu près ; il était Africain.

— Oh ! reprit Anaïs, ces hommes qui ont traversé le soleil pour arriver sur la terre sont terribles !

— Ils aiment bien mieux, dit Victor, que ces hommes qui traversent la terre pour se promener dans la lune.

— Oui ! et ils jouent avec le poignard, reprit Anaïs.

— Le coup de poignard, dit Victor, est un madrigal sublime.

— Merci, monsieur, de votre madrigal, j'aime mieux celui de Voltaire :

> Les dieux à mon réveil ne m'ont pas tout ôté,
> Je n'ai perdu que mon empire.

— Et ce madrigal, reprit Victor, brouilla Voltaire avec la princesse.

— Et Voltaire ne la poignarda pas, remarqua la jeune femme.

— Voltaire n'est jamais arrivé au sublime.

— Ainsi, mon cher époux, vous préférez le madrigal d'Othello ?

— Non, ma chère femme.

— Ah ! vous revenez au bon sens !

— Dieu m'en préserve ! Si le bon sens gouvernait le monde, il n'y aurait pas de héros, pas de poëtes, pas d'amoureux, pas de cœurs dévorés, pas de fous sublimes. Chacun vivrait dans sa coquille

7.

d'égoïsme , ou mourrait tous les jours de sa vie sous les coups d'épingle de l'ennui : les huîtres ont inventé le bon sens.

— Revenons à Othello par le chemin de Cancale ! dit Anaïs en riant.

— Othello est un imbécile !...

— Ah! s'écria la jeune femme, il faut prouver.

— Ce n'est pas moi, Anaïs, qui lui ai trouvé cette injure vulgaire, c'est la nourrice de Desdemona.

— Tiens ! ce n'est pas dans la partition !

— C'est dans Shakespeare.

— Et pourquoi Othello est-il un imbécile ? demanda la jeune femme en accompagnant son interrogation d'un bâillement léger, comme si elle eût questionné pour passer le temps et gagner quelques minutes de plus sur l'ennui de la soirée.

— Othello, reprit Victor, est un imbécile parce qu'il tue bêtement une femme qu'il adore, sur le simple indice d'un mouchoir oublié et sur le rapport d'un espion de mauvaise mine nommé Yago. Quand on adore une femme et qu'on est résolu à la tuer, on s'accorde un sursis à soi-même pour examiner minutieusement, et dans le calme de la réflexion, la procédure de l'adultère. On ordonne à l'orage du cœur de s'apaiser. On prend un visage serein et joyeux ; on ne change rien à ses habi-

tudes ; on aime, ou du moins on a l'air d'aimer
comme auparavant, et on se sert de toutes les ressources que donnent la richesse et l'espionnage
infaillible pour découvrir si le mouchoir est une
preuve accablante ou un simple mouchoir perdu.
Dès que la certitude du malheur conjugal est ac-
quise, on prend de nouvelles mesures adroites, et
on ne tarde pas à connaître l'heure et le lieu du
rendez-vous criminel ; car évidemment s'il y a
crime, il doit y avoir rendez-vous. Alors on se
munit d'armes solides, et dans la minute des extases, on tue sans pitié les deux criminels.

Anaïs, nonchalamment assise, avait pris son
éventail, et, à travers les lames, elle étudiait la
figure de son mari.

Le geste, les yeux, la parole, tout annonçait
qu'une pareille vengeance était en germe dans le
cœur et les veines du jeune créole Victor.

— Les deux criminels, redit Anaïs comme un
écho indifférent.

— Oui, les deux, tous les deux, reprit Victor ;
car la niaiserie d'Othello est double. Il tue Desdé-
mona et il se tue, mais il ne songe pas à tuer
l'autre. Ah ! oui ! je tuerais ma femme adorée, je
me tuerais, moi, que j'adore aussi, et je laisserais
vivre le plus coupable ! il viendrait rire sur nos

tombeaux et s'enivrer encore au souvenir des délices passées! allons donc! je les tuerais comme deux animaux immondes, et je vivrais pour savourer ma vengeance et les tuer tous les jours en imagination. L'innocence doit se venger; le pardon est une prime trop forte d'encouragement donnée au crime. L'innocence doit vivre; le crime seul mérite la mort, et la mort avant le repentir, afin que l'énfer continue le coup de poignard!

— Voilà des maximes peu évangéliques, dit Anaïs en jouant avec son éventail.

— Ce sont les miennes, reprit Victor, et heureusement je n'en ferai jamais l'application.

— Je l'espère bien! remarqua Anaïs; il y a pourtant, dit-on, des femmes assez adroites pour tromper impunément, et des maris assez aveugles pour laisser le crime s'établir paisiblement chez eux. Les romans et le théâtre sont remplis de ces maris sans lunettes et de ces Madeleines sans Othello.

— Le théâtre et le roman, reprit Victor, sont deux mensonges : oui, il y a des maris qui se laissent tromper, mais ceux-là n'aiment pas leurs femmes, ou bien ils ont de secrètes raisons pour ne plus les aimer, et alors ce sont les maris qui trompent les amants et se moquent d'eux sous cape.

— Ah! voilà des amants bien attrapés!

— Ce sont les plus nombreux, ces imbéciles,
reprit Victor. Le mari qui aime sa femme, la soigne
et ne la pérd jamais de vue; c'est pour lui un
trésor sans prix. Ce mari a l'exquise perception des
sentiments les plus intimes de sa femme ; il devi-
nerait son infidélité, si un Yago ou une lettre anc-
nyme ne la révélait pas, car une jolie femme est
gardée à vue par des eunuques honoraires, qui sont
les portiers, les jaloux, les borgnes, les boiteux, les
célibataires et tous les méchants du quartier. Ces
sortes de crime ne peuvent pas rester quinze jours
dans l'ombre, il faut qu'ils éclatent aux yeux d'un
témoin, et ce témoin se fait aussitôt chroniqueur,
et la lettre anonyme ne se fait pas attendre. Pour
certaines gens, il est si doux de mettre de l'arsenic
dans une enveloppe timbrée à dix centimes et d'em-
poisonner un mari envié de tous ! Oui, celui qui
aime passionnément sa femme sera trompé par la
pensée, jamais par l'action ; ceux qui soutiennent le
contraire vous diraient que l'avare Harpagon jette
son argent par la fenêtre, que toutes les nuits il
expose sur le trottoir de la rue le trésor de sa cave,
et qu'il donne par étourderie, aux voleurs, la clef
de son coffre-fort. Le monde, le théâtre, les livres
sont remplis de ces faussetés d'observateur. *Fau-
blas* et les *Contes* de La Fontaine les incrustent dans

la tête des écoliers et elles n'en sortent plus, comme
tout ce qui est bête. Maintenant, j'accorderai les
exceptions, parce que, dans les choses de ce genre,
il n'y a aucune vérité absolue, depuis Hélène et
Pénélope, depuis Ulysse et Ménélas.

— Me voilà instruite, dit Anaïs en riant.

Ces trois mots avaient un sens double ; mais le
véritable ne fut pas et ne pouvait pas être compris
par le jeune créole.

— Seulement, dit Victor, je voudrais que mon
auditoire fût plus nombreux.

— Ah ! ce tête-à-tête vous déplaît? dit Anaïs d'un
ton piqué.

— Non, mon ange ! je voudrais qu'il se prolon-
geât toute ma vie.

— Il va finir, interrompit Anaïs, j'entends le roulement d'une voiture dans l'allée, c'est mon père
et maman: ils quittent les orgues barbares de Paris
pour entendre le rossignol de Saint-Leu.

Elle se leva, comme un oiseau qui prend son vol,
pour embrasser sa mère.

Anaïs éprouvait le besoin de se réfugier dans le
sein maternel, car la résolution qu'elle venait de
prendre l'épouvantait, et elle espérait trouver dans
les caresses de sa mère ce courage qui ramène aux
nobles sentiments du devoir.

X

« Saint-Leu, juin 1856.

» Cher frère,

» Lorsqu'un homme dit à un autre homme ces
» trois mots qu'il est presque impossible de réunir :
» *je suis heureux*, il court grand risque de causer
» de la peine à son confident, même si ce confi-
» dent est un ami.

» Je n'aurais pas inventé cette courte et horrible
» satire de l'espèce humaine; à mon âge on n'est
» pas aussi avancé en observation. C'est dans le

» livre du plus profond et du plus estimé des
» penseurs que j'ai fait cette découverte : elle est
» de La Rochefoucault.

» Nous sommes, toi et moi, beaucoup plus que
» frères ; nous sommes nés le même jour ; nous
» avons le même cœur, le même naturel, la même
» âme, le même esprit ; notre mere ne pouvait dis-
» tinguer Victor de Charles ; elle n'avait qu'un fils.
» J'ai donc bien choisi la seule personne à laquelle
» je puisse dire : *je suis heureux*, sans craindre de
» faire un jaloux de mon confident.

» Ma première lettre t'a donné sans doute quel-
» ques inquiétudes pour mon avenir conjugal ; il
» est si aisé d'être malheureux en ménage ! Je me
» hâte donc de te rassurer ; tout ce que je pouvais
» craindre est mis à néant. J'ai enfin obtenu le prix
» de mon amour : je suis aimé.

» Mon Anaïs n'est pas une de ces femmes qui
» sont prises tout à coup d'une passion si ardente
» qu'elle menace de descendre bien vite au calme
» lorsqu'elle est montée à son point culminant.
» Anaïs est arrivée progressivement à l'amour par
» les deux degrés naturels : l'estime et l'amitié.
» C'est une femme qui raisonne même la passion et
» ne se laisse dominer par elle qu'au moment où
» elle ne redoute plus les regrets. Nous avons ana-

» lysé ensemble cette théorie, et je lui en expliquais
» les nuances obscures quand elle comprenait mal
» ce qu'elle sentait si bien. Anaïs veut se rendre
» compte de tout.

» Ce qui fait le malheur de tant de ménages, c'est
» qu'en général on commence par l'ouragan pour
» arriver au calme. Il ne faut pas d'abord crier
» trop haut : *je t'aime*, comme dans le duo de la
» *Juive,* il ne reste plus rien à crier au cinquième
» acte. Nous avons procédé en sens inverse des
» autres; c'était le seul moyen de faire connais-
» sance avec le bonheur, cet absent éternel.

» Vraiment l'amour partagé, l'amour à deux,
» donne seul une idée du ciel : c'est une perpé-
» tuelle extase, un ravissement divin, une fête de
» tous les instants. L'admirable saison que le soleil
» du Nord nous prête, me rend ma terre natale
» et me donne la force de supporter mon bonheur.
» Il me fallait aussi les rayons du tropique, et mon
» soleil m'a suivi dans mon exil.

» Il est huit heures du matin; Anaïs dort du som-
» meil des anges, et je profite de ce sommeil pour
» t'écrire, car elle est la souveraine maîtresse de
» tous mes loisirs, et quand elle est auprès de moi,
» je ne veux et ne puis être qu'à elle. Mon frère
» même doit être oublié. Une distraction quelconque

» est à ses yeux un principe d'infidélité conjugale.
» Cette adorable tyrannie est pour moi la douce
» liberté de l'amour.

 » Cher frère, je t'ai fait du chagrin probable-
» ment lorsque je t'ai dit que je me croyais enclin
» à la jalousie. Rassure-toi, Anaïs a deviné mon
» défaut et elle s'est imposé une ligne de con-
» duite qui ne m'autorisera jamais à exercer la ja-
» lousie. Un soir nous étions en tête-à-tête, et, à
» propos d'*Otello* de Rossini, je m'abandonnais à
» la tirade folle, et je me trahis à l'endroit de mon
» défaut. Elle m'écouta comme une dévote écoute
» un sermon ; elle s'absorba dans la réflexion, et
» sans me faire part de ses résolutions sages, elle
» ne m'a plus donné le moindre souci, la moindre
» inquiétude, le moindre prétexte d'être jaloux.
» Adonis, Antinoüs, Apollon auraient beau nous faire
» des visites, les regards de ma femme ne seraient
» que pour moi. Le fat ! vas-tu t'écrier ! Eh bien !
» j'ai la fatuité du mari heureux qui connaît seul
» ses secrets d'alcôve et ne redoute plus rien.
» D'ailleurs en te faisant cet aveu, je le fais à moi-
» même ; tu es mon frère et mon seul ami ; tu es
» moi.

 » Quel beau jour va me luire encore ! Le jour d'hier ;
» et ce sera le jour de demain ! Anaïs va se lever,

» mon nom sera le premier mot qui sortira de ses
» lèvres ; elle s'habillera de ce négligé du matin,
» plus riche que la toilette d'une reine ; elle laissera
» ses beaux cheveux en désordre sous son chapeau
» de paille ; nous irons dans le parc respirer une
» fraîcheur suave et nous redire ce que nous
» disons sans cesse : le verbe éternel de l'amour,
» avec l'accompagnement d'un orchestre sans rival :
» le chant du rossignol, le murmure des fontaines,
» le bruissement des feuilles, toutes les harmonies
» qui sont la voix de l'air et qui disent : *aimons !*
» depuis la création de l'amour, sans jamais fati-
» guer les oreilles et le cœur par cette éternelle
» redite. Les heures du milieu du jour sonneront
» encore sur nous pour nous continuer les mêmes
» extases et les léguer aux heures embaumées du
» soir.

» Je ne confie le reste qu'aux saintes étoiles de la
» nuit.

» Adieu, cher frère, cher ami, cher moi-même ;
» prends de mon bonheur tout ce que tu peux en
» prendre ; il me semble que je voudrais te le
» donner tout entier.

» VICTOR. »

XI

Dans le voisinage du château on commençait à
parler des deux jeunes époux : les désœuvrés cam-
pagnards s'arrêtaient devant la grille, pour voir,
dans le lointain, passer la belle Anaïs et son heureux mari, sans compagnons de promenade et se
suffisant à eux-mêmes, comme si le monde n'avait
eu que deux habitants. Ces observateurs, ou ces
espions, avaient trouvé, dans ce coin de Saint-
Leu, l'idéal du bon mariage. On citait Victor et sa
femme comme des modèles aux jeunes ménages;
une voix discordante s'élevait bien parfois pour
hasarder une raillerie sur les erreurs que la nature avait prodiguées sur le visage et le corps du

jeune créole, mais cette voix n'avait pas d'écho.
Les femmes même disaient que Victor était plein
de distinction et d'élégance, que son regard était
superbe d'expression virile, et, qu'à tout prendre,
un pareil mari pouvait encore être préféré, par une
femme intelligente, à ces stupides modèles qui
posent pour les bustes des coiffeurs et l'admiration
des lingères du Marais. Au fond, ajoutaient les
plus expertes, M. Victor est un homme, il ne dis-
putera jamais à sa femme sa place devant un miroir
et ne jouera pas le rôle de grande coquette en paletot gris ou en frac noir.

Ainsi, sur cet angle de la grande banlieue, de
Saint-Prix à Franconville, l'engouement était général.

M. Dimmer ne quittait pas ses airs de triompha-
teur, et tous les soirs, en arrivant de Paris, il embrassait bruyamment son gendre et sa fille, et disait
tout bas à sa femme :

— Eh bien! que t'avais-je dit? me suis-je
trompé? sont-ils heureux nos deux anges! ai-je
du coup d'œil?

Et Mme Dimmer reconnaissait humblement ses
anciens torts, en baissant la tête et sans répondre.
Le mari avait le tort d'avoir trop raison.

Le bon père, radieux, se donnait aussi tous les

jours un petit divertissement qui le comblait de joie :

— Ma fille, disait-il, en embrassant Anaïs, je ne veux pas vous abandonner ainsi dans votre solitude; on a beau s'adorer, il y a dans les longs jours de la saison une petite place pour les ennuis. J'en sais quelque chose, moi, qui adorais ma femme et qui, parfois... Bref, j'inviterai demain nos gens de la noce; nous aurons festin, concert et bal. Que diable! mon château n'est pas un ermitage! on se plaint que ma richesse ne fait pas assez de bruit. Je donnerai trois dîners par semaine et bal tous les dimanches, jusqu'à l'hiver.

La même phrase subissait chaque fois des variations qui la rendaient neuve.

Alors, Anaïs, avec un naturel parfait et une naïveté artificielle, persuasive comme tout mensonge bien noté, répondait en variant aussi la formule :

— Cher père, attendons que l'ennui vienne pour nous désennuyer. Un ermitage a des charmes pour moi; le bruit m'étourdit; ne me faites rien désirer, puisque je ne désire rien. Si le monde est exigeant envers la richesse, donnez aux pauvres du village tout l'argent que vous dépenseriez en festins et en concerts.

Et le père, ivre de joie et tout fier de sa ruse, embrassait sa fille et courait rejoindre la mère pour lui dire ce refrain :

— Elle refuse toute distraction, elle regarde nos amis comme des importuns. Sa solitude lui est chère ; elle adore son mari, mais elle est trop fière pour l'avouer ; elle fait mieux, elle le prouve. Il n'y a pas d'exemple d'un mariage aussi bien assorti.

Anaïs s'imposait donc une certaine réserve devant son père et sa mère en ayant soin de la bien faire remarquer ; mais quand elle se retrouvait seule avec son mari, elle se métamorphosait ; Minerve se changeait en Bacchante. Elle en était arrivée là par une marche ascendante si habilement graduée que le moindre soupçon ne serait jamais entré dans la pensée du jeune mari. Quel homme d'ailleurs peut se résigner à dépouiller son amour-propre au point de douter de l'amour d'une femme quand le mensonge est joué adroitement ? Il est si doux d'être aimé qu'on fermerait volontiers les yeux toute sa vie si on craignait de les ouvrir sur une chute d'illusion.

Anaïs, dont la nature n'était pas pervertie, se retirait parfois à l'écart pour s'excuser à ses propres yeux de son odieuse conduite, et son plaidoyer muet ne lui donnait pas toujours complète satisfaction. Elle se disait : J'aimais un homme charmant, noble, riche, rempli de distinction aristocratique ; la volonté inexorable de mon père et la faiblesse de ma mère m'ont unie à un sauvage que je déteste, m'ont condamnée à perpétuité à des embrassements hideux. Ce mari, choisi par mon père, a voulu être le meurtrier du mari de mon choix, et je dois oublier la victime pour vivre avec l'assassin !... Oh non ! puisqu'il m'est impossible de tromper cet Othello des savanes, je ferai mieux. Continuons le duel. Les représailles sont dans la nature. Moi aussi, j'ai le choix des armes ; j'ai choisi les miennes. La loi du talion est inscrite aussi dans le code de l'amour.

Et quand elle croyait avoir gagné sa cause, la conscience formait un appel au tribunal de Dieu, et une voix secrète, écho de la céleste justice, lui criait : « Arrête-toi, femme ! ce que tu fais est horrible et n'aura jamais de pardon ! »

Et elle se révoltait alors contre cette fatalité injuste qui l'avait punie de sa beauté, de sa richesse, de sa vertu, pour la jeter vivante dans l'enfer des femmes, le mariage sans amour.

Un jour en sortant de cette lutte intérieure, elle versa d'abondantes larmes qui rougirent ses beaux yeux ; seule sous les arbres du parc et ne redoutant aucun témoin dangereux, elle se donna le triste soulagement des pleurs. Marchant au hasard, elle passa non loin de la grille du côté de la campagne et aperçut le jeune comte, debout comme la première fois et à la même place. Un geste brusque ordonna tout de suite à l'imprudent amoureux de s'éloigner; mais un regard levé au ciel par-dessus deux mains jointes corrigea et adoucit la dureté du geste impérieux, et fut interprété par le comte dans un sens favorable à son avenir. Une pantomime claire et courte est parfois le plus éloquent et le plus long des discours.

Anaïs rentra dans les massifs du parc toute convulsive d'effroi à l'idée qu'un nouveau duel serait inévitable, si le jaloux et terrible créole apercevait le comte à la grille du parc.

La crainte était fondée, car Victor, devenu l'ombre de sa femme, ne laissait jamais passer dix minutes sans se rapprocher de son soleil d'amour.

Anaïs n'avait pas eu le temps de remettre au repos les lignes de son visage, où la douleur et l'épouvante avaient laissé des traces délatrices. L'œil créole du mari-amant ne pouvait s'y tromper.

— Tu as pleuré! s'écria Victor en abordant sa femme.

Et son teint, dont la pâleur augmentait chaque jour, prit la nuance cadavéreuse.

— Non, dit Anaïs en s'asseyant sur une causeuse de jardin, les larmes ne sont permises qu'aux malheureux, et...

— Tu as pleuré ! te dis-je ! interrompit Victor avec une vivacité brusque. La trace de tes larmes est encore sur tes joues. On ne trompe jamais un amour comme le mien.

Anaïs garda le silence. Elle cherchait.

Victor s'était mis aux genoux de sa femme, et s'acharnait dans sa demande.

Il y eut un moment où la jeune femme, vaincue par ses remords, allait tout avouer, mais le souvenir du comte Ferdinand et le projet d'une vengeance qu'elle croyait légitime retinrent le terrible aveu sur ses lèvres ; elle persista dans son plan criminel et donna un étrange motif à ses larmes.

Celui qui aime bien se contente de tout.

— Eh bien ! dit-elle, oui, j'ai pleuré... parce que j'étais seule... la tristesse est la compagne de la solitude... Ce matin, j'ai lu dans un livre de pensées une chose désolante... ceci : *l'amour est un poëme dans la vie de la femme ; c'est un épisode dans la vie de l'homme...*

Et les larmes coulèrent de nouveau sur les joues d'Anaïs.

Les femmes, comme les Troyennes du poëte, pleurent sur des malheurs qu'on ne soupçonne pas.

— Tu crois donc aux livres, aux pensées, aux romans, aux histoires! s'écria Victor; tout cela n'est que mensonge! Un auteur passe sa vie à écrire sa vie, et il met le tout sur le compte de l'humanité. Un homme qui écrit est toujours trompé par les femmes, et c'est chose juste; pourquoi écrit-il? S'il aimait bien, il n'écrirait pas. Alors il se venge comme il peut. Il se console en essayant de prouver aux autres qu'ils sont tous trompés comme lui; ainsi son infortune conjugale disparaît dans l'infortune universelle. Tous les moralistes sont immoraux, et quand ils ont, les premiers, péché contre la femme, ils veulent faire lapider toutes les autres femmes pour le crime d'initiative qu'ils ont commis.

— Oh! reprit Anaïs, un paradoxe comme celui-là n'a jamais consolé une femme.

— Ah! c'est un paradoxe! reprit Victor avec feu; prenons pour exemple deux illustres moralistes: La Fontaine et Molière. La Fontaine épouse une femme de seize ans, et l'abandonne après un an de mariage. Le bonhomme avait beaucoup de dis-

tractions, mais je suis certain que ce n'est pas la
femme qui a commencé. Alors le fabuliste a écrit
une comédie, *la Coupe enchantée*, qui veut prouver
que tous les hommes sont décorés sur le front, et
deux volumes de contes qui enseignent aux femmes
l'art de décorer leurs maris. Molière se vantait partout de donner à sa cuisinière la primeur de ses
comédies, de la consulter sur son théâtre et de
suivre ses avis. Voyons, que ferais-tu si je voulais
te prouver à chaque instant que ta cuisinière a
plus d'esprit et d'intelligence que toi; si j'allais
donner cette nouvelle à tout Paris, et si je disais à
mes amis de la publier dans les gazettes? Ton
amour-propre de femme se révolterait contre moi;
et l'amour-propre justement blessé est le principe
d'une vengeance. Mme Molière s'est vengée. Alors
le poëte a fait écrire par son ami Boileau une horrible satire contre les femmes, et lui-même a
traité les femmes de *carognes* et a lancé ce vers :

Les femmes, en un mot, ne valent pas le diable !

vers toujours applaudi galamment par la moitié du
parterre. Toutes les fois que les moralistes, et surtout La Fontaine et Molière, ne touchent pas à l'article femmes, ils parlent d'or; mais dès qu'ils

s'avisent d'écrire sur le mariage, ils donnent leurs qualités aux autres, ils font de l'adultère l'amusement du genre humain.

Anaïs se composa un sourire où la tendresse essayait de poindre, et dit :

— Ainsi, Victor, l'amour ne sera pas un épisode dans votre vie ?

A cette question, faite d'une voix douce, un coup de soleil tropical tomba sur le front du jeune créole ; il mit toute son âme dans un embrassement qui aurait animé la statue de Pygmalion et qui laissa la jeune femme dans sa froideur de marbre, et d'une voix affaiblie par la fièvre de l'amour il dit :

— Je suis venu à toi avec les passions vagues de l'adulte, avec des sens vierges, avec un sang de lave ; c'est toi qui m'as donné la vie de l'amour ; c'est toi qui m'as révélé un monde d'extases, le Paradis de la terre ; la volupté des élus! en échange de ce que tu as donné, toi reine, à moi esclave, que pouvais-je te rendre? Je t'ai donné l'inépuisable richesse de mon amour en échange de tes bienfaits inouïs, je t'ai voué une reconnaissance éternelle. L'ingratitude est le vice de votre vieux monde civilisé, la reconnaissance est la vertu de notre jeune monde sauvage: tant que le souffle

8.

sera dans ma poitrine, la parole sur mes lèvres, la pulsation dans mon cœur, ces trois voix de mon âme diront l'hymne de mon amour à ma bienfaitrice divine; et sur mon lit d'agonie, quand ma parole sera éteinte, ma dernière pensée sera encore la muette expression de reconnaissance d'une vie toute d'amour.

Cet ouragan des tropiques effleura l'oreille d'Anaïs, mais elle se composa un sourire de satisfaction et une voix émue, comme si la parole de Victor eût satisfait son esprit et touché son cœur :

— Que j'ai besoin de te croire! lui dit-elle en accompagnant cette fausseté d'une caresse plus fausse encore ; que j'ai besoin de vous entendre parler ainsi! J'oublie le mensonge que j'ai lu, je crois à la vérité que j'écoute... mais...

— Point de *mais*, interrompit Victor.

— Ah! reprit Anaïs avec une minauderie enfantine, ah! il y a toujours des *mais!* Vous ne supprimerez jamais le *mais* dans le *Dictionnaire de la conversation*.

— Tu es adorable! dit Victor à genoux; voyons ce *mais*...

— Mais il y a encore un moraliste qui a dit que l'amour était un amusement de jeunesse ; or tu ne seras pas toujours jeune, mon ami; mais tes

cheveux grisonneront et ton amour blanchira. Mon
père et maman se sont adorés, je crois; eh bien !
Victor, tu le vois, ils se disputent tous les jours, et
pour une bêtise. Il est vrai que c'est toujours mon
père qui commence; tous nos parents et amis font
la même chose. On n'entend que des cris dans les
ménages, et cela m'irrite les nerfs, moi qui n'aime
que le chant. Me promets-tu de ne pas vieillir
comme fait tout le monde ?

— Anaïs, reprit Victor, tu as vingt ans et j'en ai
vingt-cinq. D'après les mathématiques conjugales,
nous sommes donc du même âge; nous vieillirons
ensemble, ainsi nous serons toujours jeunes. Oui,
je te promets une chose impossible, je te promets de
ne pas vieillir comme tout le monde.

— Tu me diras ton secret.

— Tout de suite; c'est une chose que j'ai inventée.

— Alors, ne demande pas de brevet d'invention ;
gardons cela pour nous.

— Oh! pas de raillerie, mon ange adoré! ceci
est sérieux. Veux-tu que je te raconte une fable?

— Une fable de toi, Victor ?

— Oui, et qui sera notre histoire.

— Oh! j'adore les fables! dit Anaïs en sautant
de joie : il fait des fables !

— Écoute !

LE LIERRE ET L'ORMEAU.

Le lierre un jour dit à l'ormeau...

— Tiens ! interrompit Anaïs, elle commence comme le *Chêne et le...*

— Veux-tu bien écouter ? s'écria Victor en riant.

— J'écoute.

— Je recommence :

Le lierre un jour dit au roseau...

— *Vous avez bien sujet d'accuser...* interrompit Anaïs avec un éclat de rire fou.

Victor se leva et fit trois pas du côté du château.

— Vilain monsieur ! dit Anaïs, il se fâche !... Allons, monsieur le fabuliste, soyez bonhomme et ne quittez pas votre femme après un an comme l'auteur du *Chêne et du roseau.*

Victor reprit sa place et continua :

Le lierre un jour dit à l'ormeau :
Voilà trente ans que je t'enlace,
Devant l'église du hameau,
Et sur ton fût, chaque rameau

Est toujours à la même place.
Tu ne vieillis pas ; les hivers
Te dépouillent de ton feuillage,
Mais quand avril rentre au village
Tes rameaux redeviennent verts.
Tu ne grandis pas, et ton ombre
Est toujours la même au soleil ;
De tes feuilles, je sais le nombre,
Et ce nombre est toujours pareil.
La chose est étrange, il me semble...
— Oh ! dit l'arbre, étrange pour toi ;
C'est que nous vieillissons ensemble,
Et que tu naquis avec moi.

— Monsieur le lierre, dit Anaïs, l'ormeau répondra dans trente ans à votre fable.

— Madame l'ormeau, reprit Victor, maintenant écoutez le commentaire en prose... Le lierre a inventé mon invention avant moi...

— C'est le lierre de Chine, interrompit Anaïs.

— Si le lierre faisait de longues absences ou des voyages, il dirait, au retour, à son ormeau : mon Dieu ! comme te voilà vieilli ! et l'ormeau lui rendrait le même compliment ; mais le lierre a le bonheur de n'être pas un homme, il ne va pas au club ou dans les coulisses de l'Opéra et ne monte jamais en wagon. Il meurt où il s'attache...

— Je connais cette devise, interrompit Anaïs.

— Ainsi nous passerons notre vie, reprit Victor,

comme nous avons passé ce beau printemps ; je te verrai tous les jours, à toutes les heures, à tous les instants ; j'aurai toujours devant mes yeux cette éblouissante beauté qui ne laisse rien à désirer à son bienhéureux possesseur ; je ne quitterai jamais ce paradis pour aller voir ce qui se passe sur la terre. Alors tu seras toujours la même pour moi ; il est impossible qu'un lendemain quelconque apporte à mes yeux l'atome d'une métamorphose. Il y aura toujours une veille et jamais un lendemain.

— J'avoue, dit Anaïs, que ce plan est superbe... mais c'est un plan.

— Je n'en retranche pas une minute, dit Victor ; ma lune de miel est une étoile fixe.

— Cela fait trembler ! remarqua involontairement Anaïs.

— Tu as peur des étoiles fixes ? dit Victor en riant.

— Moi ! reprit Anaïs comme réveillée en sursaut, moi ! oh, non ! j'ai peur des étoiles filantes, et je vois avec bonheur que ta résolution est sincère et que le lierre ne quittera jamais l'ormeau.

— Que Dieu me punisse si mon avenir ment à ma parole d'aujourd'hui, dit Victor d'un ton résolu qui effraya la jeune femme.

Après un moment de silence donné à l'admira-

tion contemplative du côté de Victor, et à la réflexion sérieuse du côté d'Anaïs, celle-ci reprit son
faux sourire en disant :

— N'importe, mon cher Victor; sans médire de
ton invention, j'aimerais mieux te voir retrouver,
dans ce pays de fontaines, la fontaine de Jouvence.
A la jeunesse seule appartient le don de plaire, et,
en dépit de ta fable, nous vieillirons, et...

— Veux-tu encore écouter un quatrain ? interrompit Victor.

— De toi ?

— Non ; mais qu'importe s'il y a une vérité au
fond de ce puits d'alexandrins ?

— Voyons toujours, dit Anaïs.

— C'est beaucoup plus qu'une vérité, reprit Victor, c'est une consolation... voici :

> Quand le soleil arrive au bout de sa carrière,
> L'éclat de ses rayons ne s'est point affaibli ;
> On est vieux à vingt ans si l'on cesse de plaire,
> Et qui plaît à cent ans meurt sans avoir vieilli.

— C'est un quatrain de Philémon, dit la jeune
femme en riant ; il est adressé à Baucis centenaire.
Quand j'aurai atteint son âge, tu me le diras une
seconde fois.

— Hélas ! dit Victor avec mélancolie, je ne suis pas de la chair dont on fait les Philémons.

— Comme il dit cela tristement ! remarqua la jeune femme sur le ton du plus vif intérêt.

— Ah ! dit Victor, dans notre famille nous sommes déjà vieux quand nous entrons au berceau ; on dirait que nous avons vécu trente ans avant de naître...

— Victor, mon ami, dit Anaïs en effleurant de ses lèvres la joue de son mari, ne me dis pas de ces choses... nous avons été si gais jusqu'à présent... Souffres-tu ?

— Non, mon ange adoré, dit Victor en appuyant une main sur sa poitrine, non... je sens là un feu qui me fait vivre... c'est l'amour.

Un domestique vint annoncer M. Florestan.

Cet ami de la maison avait pris le chemin de fer et l'omnibus de Franconville pour venir annoncer triomphalement à Victor qu'il y avait eu une forte hausse sur le Crédit mobilier.

XII

A cette nouvelle qui s'accordait si mal avec l'esprit de la situation, Victor fit un geste de dépit et une pantomime qui semblait envoyer à tous les diables la Bourse, la hausse et M. Florestan.

— Il y a chez nous, dit-il, de grands singes qui font métier de troubler les animaux dans leurs amours; je ne croyais pas retrouver le même métier en Europe, chez les hommes... Allons , il faut se résigner... par politesse française... M'accompagnes-tu, mon ange?... Viens me garder... je vais faire quelque sottise de créole qui se révolte contre les singes.

— Voyons, dit Anaïs d'une voix caressante, sois

9

raisonnable, Victor ; M. Florestan est un ami de la
maison...

— Parbleu ! je le sais bien; il n'y a que les amis
qui vous dérangent. Parlez-moi des ennemis ! voilà
des amis ! ils restent chez eux, on ne les voit
jamais.

— Victor, ne le fais pas attendre, sois poli, reprit Anaïs avec une douceur charmante.

— Sois poli, sois poli, reprit Victor, c'est-à-dire
sacrifie-toi et fais ce que tu ne veux pas faire. La
politesse est l'esclavage des blancs, la politesse est
même homicide. Un créole de mes amis est mort
il y a six mois, parce que la politesse française lui
ordonnait d'avoir la tête nue dans une salle glacée.
Les Anglais n'ont jamais admis cet article sur les
chapeaux, et ils ne sont jamais enrhumés...

— Mon ami, interrompit Anaïs, tu prends des
prétextes pour rester avec moi; je le devine et je
te sais gré de cette ruse d'amour. Mais tu as promis obéissance à ta femme, et je te prie de ne pas
me désobéir.

— M'accompagnes-tu ?

— Non, je n'entends rien à la langue des agents
de change.

— Ni moi non plus.

— C'est égal, fais semblant de comprendre le

chinois ; cela plaît aux mandarins illettrés de la
Bourse.

— Te retrouverai-je dans le parc?

— Oui.

— Quand je te quitte, mon cœur se partage en
deux, dit Victor en embrassant Anaïs.

— Ah! tu viens de lire cette phrase dans *Otello*,
reprit Anaïs : *il cuor mio si divide*.

— C'est la phrase de tous ceux qui savent aimer
une femme et ne savent pas la quitter.

Et il s'éloigna en tournant la tête à chaque pas
pour voir cette forme charmante qui se perdait dans
les massifs de verdure, avec des ondulations qui
ravissaient le regard.

Florestan serra les mains de Victor, et, d'une
voix de coulisses, il s'écria :

— Eh bien! mon jeune ermite, vous avez donc
abandonné la capitale de la civilisation et du trois
pour cent!... Voyons, que je vous examine... Diable
on dit que le mariage engraisse... je ne trouve pas...
Vous avez les protubérances des joues d'un rouge
vif et tout le visage d'un blanc mat... Victor, Victor, soyez sage!... Cela le fait rire!... Tenez, re-
gardez-moi... voilà comment se portent les célibataires incurables : le teint frais, l'œil limpide, le
torse bien assis. Nous travaillons le jour et nous

dormons la nuit, voilà tout le secret. Si Raphaël eût été agent de change, il ne serait pas mort à trente-six ans, et Van Dyck à quarante. Vous voyez que nous connaissons l'histoire des poitrinaires de l'amour. Je suis un habitué des ventes de l'hôtel Bullion; asseyez-vous, mon vieux, et causons un peu de vos affaires.

— Oui, cela vaudra mieux, dit Victor qui donnait des signes d'impatience.

— Je vois, reprit Florestan, que vous avez hâte de me voir arriver au fait.

— Oui, monsieur Florestan.

— Nous y voici... Une hausse superbe, une belle liquidation; vous avez réalisé un bénéfice de onze mille trois cent quatre-vingt-huit francs cinquante-cinq centimes sur les mobiliers et les Orléans... Hein! cela vous chausse, j'espère?

— Je crois bien! dit Victor sur un ton lamentable.

— Voici le *nanan*, mon petit Victor, reprit Florestan en ouvrant son portefeuille. Onze mille d'abord... plus l'appoint en or...

— Mais que voulez-vous que je fasse de cela? interrompit Victor avec le geste d'Hippocrate refusant les dons d'Artaxercès.

— Ah! vous voulez que cela rentre dans la

masse ? reprit Florestan. Soit ; votre capital est augmenté du bénéfice. Je vous ferai toujours l'intérêt au quatre, si cela vous convient ?

— Comme vous voudrez.

— Voilà un client de bonne composition ! s'écria le quart d'agent de change.

— Passez-vous la soirée au château ? demanda Victor en se levant pour aller rejoindre sa femme.

— Mais oui ; c'est aujourd'hui samedi ; demain relâche à la Bourse ; je couche à la campagne. Dimmer et sa femme vont arriver. Je les précède. Ils m'ont offert une place dans leur petite voiture, mais je ne suis pas maigre comme vous, moi ; je les aurais gênés avec ma circonférence. J'ai pris le chemin de fer... Et notre belle mariée se porte bien ?

— Très-bien, dit Victor d'un ton sec.

— Oh ! les femmes se portent toujours bien, elles !... Je lui dirai deux mots à l'oreille ce soir. . Victor, votre main est brûlante... vous n'êtes pas malade ?

— Au contraire, répondit Victor sur le même ton.

— Et comment passez-vous votre temps à la campagne ?

— Très-agréablement.

— Vous ne vous ennuyez pas ?

— Quelquefois, dit Victor en bâillant.

— Les voisins ne vous visitent pas ?

— Heureusement.

— Ah ! les voisins, remarqua Florestan, sont des espions. Je comprends votre antipathie... Jouez-vous ?

— Oui.

— Avec le maire, avec le curé, avec...

— Non, avec ma femme.

— Le whist à deux ?

— Oui.

— Avec deux morts ?

— Oui.

— Le jeu est joli, mais très-difficile... nous pourrons le faire à trois ce soir.

— Oh ! le soir nous laissons dormir les cartes.

— Et comment passez-vous vos soirées ?

— Nous ne les passons pas... Pardon, monsieur Florestan, j'ai deux mots à dire à ma femme... me permettez-vous ?...

— Comment donc ! vous êtes chez vous... je vais faire une partie de billard...

— Avec moi ?

— Avec moi... je vais essayer deux carambolages que je viens de voir faire à Berger... On dîne à six heures, n'est-ce pas, le samedi?

— Oui, monsieur Florestan ; six heures précises.

— Sans adieu, Victor... A-t-il la main brûlante ce jeune homme ! Victor, Victor ! soyez sage !

— Sans adieu, monsieur Florestan.

Victor avait perdu la respiration ; il la retrouva sur la terrasse en apercevant une robe blanche au bout d'une allée sous les arbres du parc.

XIII

Au coup de six heures, un invité manquait à la table ; c'était M. Dominique Logereau, sixième d'agent de change, qui se trouvait en retard.

On attendit un quart d'heure et on se mit à table.

— Ce diable de Logereau, dit Florestan en s'asseyant à côté de Dimmer, a l'habitude du retard. En voilà un que je n'inviterai jamais.

— Parbleu ! ni moi non plus, répondit bruyamment Dimmer ; mais c'est lui qui s'invite. Je l'ai rencontré à la Bourse, et il m'a dit : « J'ai une affaire superbe à vous proposer ; la reine des affaires. Cinq millions à gagner, comme un denier. — Eh bien, lui ai-je dit, ce sera pour un autre moment.

— C'est jour de liquidation, il y a urgence, a-t-il repris ; j'irai dîner chez vous aujourd'hui, et nous en causerons... » Comment te serais-tu tiré de là, Florestan ?

— Je lui aurais dit que nous étions douze à table.

— Treize ! reprit Dimmer, l'idée est bonne, je la retiens pour une autre occasion.

En ce moment, un lourd bruit de pas, et un souffle de Titan enrhumé se firent entendre dans le vestibule, et Logereau entra comme un ouragan habillé de nankin.

C'était un de ces hommes que leur taille gigantesque et leur force musculaire rendent paresseux et impropres au travail, et qui sont nés pour brasser des affaires industrielles, les mains dans les poches de leur pantalon.

Il écrasa, en voulant les serrer, les mains de Florestan et de Dimmer, salua timidement les femmes, et suivit l'indication du maître de la maison, qui lui montrait son couvert.

— Tu es bien en retard, lui dit Dimmer.

— Oui, reprit Logereau, en attachant un bout de serviette à sa boutonnière, j'ai manqué le convoi. C'est le fils du général Debraux qui en est cause...

— Un bien bel homme ! remarqua Dimmer.

9.

— Le plus bel homme de Paris, reprit Logereau.

— J'aime mieux le duc de Gadagne, dit Florestan.

— Oh! non, oh! non, dit Logereau; le duc de
Gadagne est blond.

— Eh bien, est-ce qu'il est défendu à un bel
homme d'être blond, mon cher Logereau?

— Le vrai homme est brun, mon cher Florestan;
c'est une chose incontestable.

— Je la conteste, moi.

— Et d'après quelle autorité?

— L'autorité de tout le monde.

— Alors, je te renvoie à quelqu'un qui a plus
d'autorité que tout le monde.

— Nomme ce quelqu'un.

— Jean-Jacques Rousseau dans l'*Héloïse*.

— C'est que Jean-Jacques Rousseau était brun
comme toi, Logereau, quand tu avais des cheveux.

— Ah! si la discussion dégénère en personna-
lités, dit Logereau, causons d'autre chose... mon
cher Dimmer, il n'y a rien de tel que les dîners pour
parler affaires. En Bourse et sur le boulevard on
est toujours dérangé au bon moment.

— Parlons affaires, dit froidement Dimmer.

— Ton bordeaux est excellent, reprit Logereau...

nous allons partir d'un principe que tu admettras.

— Il est admis, fit Dimmer.

— Tu le connais donc?

— Non, mais je l'admets de confiance.

— Merci, Dimmer... L'eau manque à Paris...

— C'est le principe? interrompit Dimmer.

— Oui.

— Il serait difficile de le soutenir sur le pont Neuf.

— C'est là que je le soutiens victorieusement. Je n'appelle pas eau potable cette rivière qui reçoit tout ce qu'on lui jette et tout ce qui se noie depuis le mont de Saint-Seine, et qui descend au Havre pour prendre un bain de mer dont elle a besoin. Vue au microscope solaire, une goutte d'eau de Seine est un monde hideux qui fait frémir.

— Vraiment! remarqua Dimmer.

— Maintenant il s'agit de donner à Paris une eau qui ne soit pas cadavéreuse et que tous les filtres du monde ne purifieront jamais.

— André, servez du bordeaux à monsieur, dit le malin Dimmer.

— Je veux bien, reprit Logereau.

Et après la libation bordelaise, il continua :

— Nous avons ici à Saint-Leu une Californie d'eau de source, un trésor aquatique qui va se perdre Dieu sait où. Les montagnes voisines sont un inépuisable réservoir d'eau pure. Ici les ruisseaux inutiles coulent partout. C'est une inondation honoraire qui ne sert à personne et n'abreuve que les nuages du ciel...

— Cela est vrai, remarqua Dimmer.

— Eh bien ! il faut demander au gouvernement l'expropriation de cette eau pour cause d'utilité publique, et te faire donner cette rivière qui coule en détail et sans profit aucun. Il en restera bien assez pour les herbages des environs, les bassins et les fontaines de luxe. Il y a ici, dans ton parc et tes jardins, mon ami Dimmer, une petite Seine potable qui ne sert qu'à nous amuser et qui abreuverait trois arrondissements.

— Mais ton projet ne me mettrait pas à sec ? demanda Dimmer.

— Mon projet ne t'enlève pas une goutte d'eau et un poisson rouge; et il en sera pour tous comme pour toi.

— A la bonne heure ! fit le maître du château.

— Maintenant, reprit l'inventeur, nous construisons un aqueduc souterrain en fonte et parallèle à la ligne du chemin de fer...

— Et le reste coule de source, interrompit Dimmer en riant.

— Le mot est juste, dit Logereau.

— Mon ami, reprit Dimmer, veux-tu que je dise franchement mon avis sur ton projet ?

— Donne.

— Ton projet n'a pas l'ombre du sens commun.

Logereau bondit, frappa la table, fit trembler les cristaux et les porcelaines, et s'écria :

— Tu ne m'as pas compris ! je vais entrer dans les détails de l'opération.

— Victor, suffoqué par ce flot de paroles étourdissantes qu'on appelle les charmes de la conversation, se leva brusquement pour ne pas en entendre davantage, et fit signe à sa femme de le suivre. On était d'ailleurs au dessert, et la liberté de la campagne autorisait cette désertion que personne ne remarqua, excepté l'œil pénétrant de la mère d'Anaïs.

Mme Dimmer demeura héroïquement à son poste en gardant ce silence ironique et obstiné que les lutteurs de table n'ont jamais compris, et elle se mit à réfléchir sur l'étrange conduite qu'elle voyait tenir à sa fille depuis deux mois.

L'irritation la plus violente avait donné une teinte fiévreuse à la figure de Victor; le pauvre jeune homme, déjà tant agité par les accidents de ce jour, n'aurait pas eu besoin de ce surcroît d'orage.

Il marchait, suspendant sa femme à son bras, en cherchant un asile où le fracas de la dispute n'arrivait point; mais l'ouragan vocal, sorti de trois vigoureuses poitrines industrielles, retentissait dans tout le parc comme un trio de Verdi.

— Nous sommes des sauvages, nous, aux Antilles, s'écria le créole exaspéré ; nos aïeux se coiffaient de plumes d'ara, mais quand le soleil se couche, quand la fraîcheur arrive de la mer, quand la première étoile se lève, nous voulons assister à ce spectacle de tous les soirs comme à la première représentation d'une œuvre nouvelle. Nous sommes assis sous nos palmiers, et en silence, pour mieux admirer, mieux écouter, mieux jouir ; et, ici, dans ce nord pluvieux, froid, sombre, où l'hiver dure dix mois, où le printemps n'existe qu'aux Tuileries, sous la forme d'une déesse de marbre, où les belles soirées sont des phénomènes, les hommes civilisés viennent à la campagne pour se disputer sur les blonds et les bruns et continuer leurs opérations de Bourse ! Des hommes qui possèdent des millions et ne savent qu'en faire, et qui veulent en gagner d'autres avec l'unique chance de perdre les premiers. Oh ! je veux sortir de ce vieux monde, ou par la mort, ou par l'Océan. J'étouffe dans cette civilisation de barbares... Veux-tu me suivre.

Anaïs? veux-tu passer les mers avec moi? veux-tu me sauver?

Anaïs arrondit son bras autour du cou de Victor, et contrefaisant la voix de la tendresse, elle dit :

— Ta volonté fait la mienne, j'irai où ton amour me dira d'aller. Tout à l'heure, quand ton signe m'a ordonné de te suivre et de quitter la table, une autre femme aurait pu s'obstiner à rester, par respect pour les convenances; moi, je n'ai pas hésité un instant. Eh bien! il est plus facile de faire un voyage aux Antilles, que de quitter un dîner parisien avant le dessert.

— Tu es adorable! dit Victor en embrassant sa femme dans le transport du délire amoureux; tu es un ange de beauté et de bonté!

Anaïs baissa les yeux modestement.

— Tu m'as dit de te sauver, reprit-elle avec une émotion feinte; je n'ai pas bien compris cette phrase... Est-ce qu'il y a danger pour toi... à cause de ce duel...

— Non, non, interrompit Victor... le danger n'est pas là... Oui... je t'ai dit de me sauver... parce que... vois-tu... le climat du Nord ne m'est pas favorable... Il me faut le ciel natal... Un palmier, transplanté dans le Nord, souffre et meurt... Nous devons rester sur le terrain de notre naissance; le souffle du nord n'est pas bon pour nous...

— Souffres-tu, mon ami? demanda la jeune femme avec le plus tendre intérêt.

— Si je souffre... non... mais je sens que la souffrance va venir... et je me plains avant le mal...

— Tu n'es pas sincère, mon Victor, reprit Anaïs, tu me fais un mystère de tes douleurs pour ne pas me causer de la peine... Si tu souffres, ne me le cache pas, et je souffrirai de ton mal pour le diminuer en le partageant ou en le consolant.

— Adorable amie! dit Victor exalté, que de reconnaissance je te dois pour ces bonnes paroles! Elles rafraîchissent le sang qui brûle ma poitrine, la douce rosée du ciel est sur tes lèvres... Oui, je souffre, et la science de l'homme ne comprendrait rien à mon mal; le soleil de mon pays sera mon seul médecin, il me donnera la santé de mon amour !...

— Victor, dit Anaïs avec une ingénuité perfide, je n'ai pas bien compris tes derniers mots... Un amour comme le tien n'est jamais malade.

Un sourire triste comme un rayon de novembre passa sur le visage de Victor.

— Mon amour! c'est ma vie, dit-il; comprends-

tu maintenant? Les plus nobles sentiments de l'âme
sont esclaves de la matière vile , l'amour est une
passion qui tue bientôt ceux qui en vivent.

— Ah! ceci devient plus clair ! fit Anaïs avec la
même naïveté... Tu crois donc pouvoir m'aimer
davantage?

— Non, Anaïs, le soleil, ce firmament, cette forêt
ne peuvent pas se donner un rayon, une étoile, une
feuille de plus. Tout est borné autour de nous,
excepté l'infini, qui est Dieu , et qui embrasse la
création en lui donnant un amour sans limites. Moi,
je sens que je te donne en amour tout ce que la
faiblesse de l'homme peut donner à la femme ; je
sens que tu absorbes tout mon être , que ma vie
est passée dans ton âme, que je m'oublie en te
voyant, et qu'il ne reste de moi que la voix du
cœur pour te parler de mon amour. Il me semble
que tous les trésors de tendresse , tous les rayons
de flamme que le soleil a prodigués sur ces collines
et ces jardins depuis la création de l'homme ont été
perdus pour la femme, et que, seul, je les ai re-
cueillis comme un heureux privilégié pour les donner à toi, fleur du monde et chef-d'œuvre de Dieu !

Victor, prosterné devant son idole, laissa tomber
sa tête sur les genoux adorés et les baigna de
larmes.

Anaïs, ne craignant pas d'être vue, donna à son mari un froid regard d'indifférence, et ne reprit son masque de comédienne qu'au moment où Victor, après un repos de quelques instants, releva sa tête et se posa de nouveau dans l'attitude de l'adoration.

La nuit, cette antique fille de l'Érèbe, cette déesse fatale et charmante qui conseillait le crime et l'amour, la nuit couvrait de son voile le parc, les bois et la campagne. A travers les éclaircies des arbres, les rayons des premières étoiles tombaient sur le visage d'Anaïs et lui donnaient un caractère nouveau, l'idéal du songe élyséen ou de la sublime féerie de Titania.

On entendait toujours, dans le lointain, l'orageux trio des convives excités par les vins du dessert.

— Parle-moi, dit Victor en délire et d'une voix épuisée, parle-moi ; j'ai besoin de t'entendre, car tu ressembles à une apparition céleste, et j'ai des frissons de terreur et de désespoir, si tu cesses d'être mortelle ou femme. En te voyant si belle dans cette lueur d'étoiles, j'ai des doutes, et je n'ose plus t'adorer de peur de tomber sous la vengeance d'un rival du ciel.

— Que te dirai-je, mon ami, répondit Anaïs avec une tendresse qui avait l'attraction de Circé, je ne sais qu'aimer et l'expression me manque. Ma parole est trop ignorante, elle ne peut traduire tout ce qui vient de mon cœur. Alors, je me tais, je t'écoute et je t'embrasse.

—Oui, tu as raison, ma femme adorée, dit Victor, arrivé au paroxysme de l'exaltation ; oui, cela me suffit, et les étoiles de cette nuit d'amour n'ont jamais donné leurs rayons à de plus heureux ! Cette tiède création a été faite pour moi ; ces arbres, ces fleurs, ces parfums, ces harmonies, ces ombres, ces gazons, tout ici m'enivre et me ressuscite. Oh ! ceux qui nient l'amour, les athées du bonheur ne t'ont jamais vue, et n'ont pas connu cette nuit !...

. . . .

Le bruit des voix folles arrivait toujours dans ce coin retiré du parc...

Une langueur invincible succéda bientôt à l'exaltation chez le malheureux jeune homme ; il laissa tomber sa tête sur le bord du banc de gazon, et il s'assoupit lourdement.

Anaïs se leva, et un frisson glacial agita son corps sous une température de feu ; cependant elle était convaincue de son droit de vengeance, par un égarement de logique, et de son droit de révolte contre les injustices de la fatalité.

Et jetant un coup d'œil dans la longue allée qui

conduit au perron du château, elle vit s'avancer
à pas lents une forme blanche, qui lui parut de
grandeur surnaturelle; le cri de la terreur fut arrêté sur ses lèvres, et le regard fixe de la jeune
femme ne se détacha plus de cette apparition. Il
semblait qu'une divinité vengeresse descendait du
ciel pour condamner et punir.

A mesure que la distance diminuait, Anaïs reve-
nait de sa terreur superstitieuse, car elle croyait
reconnaître, et reconnut enfin sa mère. Alors elle
s'avança, les bras étendus, pour l'embrasser.

Un geste inusité repoussa la caresse filiale et
foudroya de surprise la jeune femme.

— Anaïs! Anaïs! dit la mère d'une voix sourde
et avec un geste menaçant.

Et ses yeux lançaient des éclairs, en illuminant
les ténèbres.

— Eh bien, ma mère? dit Anaïs, sur le ton de
l'interrogation timide.

— Rien ne trompe une femme et une mère, reprit Mme Dimmer. Vous n'aimez pas cet homme,
Anaïs; il vous est même odieux, et... je m'arrête.
Il est inutile de vous révéler votre crime... Ne vous
justifiez pas, malheureuse! Depuis un mois, j'essaye
de douter, et je ne doute plus aujourd'hui... Vous
n'êtes plus ma fille, et le dernier effort de l'amour

maternel arrête sur mes lèvres la malédiction que vous méritez.

Anaïs se jeta aux pieds de sa mère en disant :

— Ah ! si vous saviez quelle fatalité...

— La fatalité, interrompit la mère, est l'excuse des criminels ; taisez-vous et ne donnez rien à comprendre à ceux qui peuvent nous écouter. Seule juge de votre action, je vous ordonne de vous séparer de votre mari à dater de ce soir... Par malheur pour lui, il est trop tard.

— Ma mère, s'écria la jeune femme dans un accès de délire, au nom du ciel daignez m'écouter!... qu'ai-je fait pour être si malheureuse!

— Taisez-vous ! dit la mère à voix basse et en mettant la main sur la bouche d'Anaïs ; taisez-vous, obéissez... Voulez-vous que votre père vous tue !

— Oui.

Et elle se roula sur le gazon en embrassant les genoux de sa mère.

— Qu'est-il donc arrivé ? demanda une voix de fantôme.

C'était Victor qui se réveillait pour assister à cette scène, incompréhensible pour lui.

— Mon fils, dit la mère avec douceur, je viens de recevoir une confidence de votre femme. Vous

souffrez, mon ami, et vous avez cet héroïsme qui
dédaigne la plainte. Moi ; j'ai des yeux et des
oreilles de mère, des yeux qui voient ce qu'on veut
cacher, des oreilles qui entendent ce qu'on ne dit
pas. Le secret de votre souffrance sera le secret
de nous trois. Vous vous abandonnerez à mes soins
en aveugle, et, grâce aux ressources de la jeunesse,
vous aurez votre guérison... Anaïs, relève-toi... Elle
me demandait le secret de sa confidence... Relève-
toi, te dis-je, ce secret sera gardé. Puisque Victor
ne veut pas qu'on sache qu'il souffre, personne ne
le saura. Un homme a la pudeur de la souffrance,
cela se conçoit.

— Ma mère, dit Victor avec des larmes, je vous
obéirai ; je me soumets à tout... Oui, je sens que le
ressort de ma vie se brise... Ne pleure pas, Anaïs,
tu me fends le cœur... ta mère l'a dit, il y a des
ressources dans la jeunesse... et...

— Chut ! interrompit la mère... voici les autres...
Oh ! les hommes choisissent toujours bien leur moment pour arriver !... au nom du ciel ne laissons
rien deviner... il y en a deux là qui trouveraient
encore prétexte aux plaisanteries dans les souffrances de ce pauvre Victor.

Dimmer, Florestan et Logereau, liés l'un à l'autre
par le bras, comme le groupe des trois disgrâces,

arrivaient tête nue et cigare aux lèvres, et on entendait hurler ces phrases :

— Je te dis, moi, Logereau, que, dans la grande
banlieue, tout terrain est bon à bâtir ; qu'il faut arracher les arbres pour planter les maisons ; qu'il
vaut mieux avoir pour locataires des rentiers que
des rossignols, et qu'enfin, je t'achète ton parc à
soixante francs le mètre, et qu'en le divisant par
lots, je parie de gagner deux louis par mètre, en
1858.

Et où passerai-je mes étés ?

— A Paris. Est-ce que tu profites de la campagne ?

— Pas trop, c'est vrai.

— Ta campagne vaut un million. Il n'y a plus
d'hectares, il y a des mètres. Tu te payes à toi-
même un loyer rustique de cinquante mille francs ;
c'est stupide !

— Et que diraient les femmes ! elles qui aiment
tant les arbres et les rossignols ?

— Est-ce qu'on écoute les femmes ? c'est passé
de mode. La galanterie est mal portée. Depuis que
les Turcs se font Français, les Français se font
Turcs !... Ah ! diable ! les voici... soyons Français.

Logereau s'approcha de Mme Dimmer et de sa
fille, et leur dit :

— Nous cherchons ces dames, pour leur offrir notre bras.

— Nous rentrions, dit Mme Dimmer; l'humidité se fait sentir, et notre cher créole n'est pas encore naturalisé Parisien... Croiriez-vous que cette humidité lui donne des frissons?

— Vraiment! dit le beau-père, en s'approchant de Victor, avec un empressement affectueux. Tu ne te trouves pas à ton aise, mon ami?

— Oh! ce n'est rien, répondit Victor, en toussant; le soleil de demain me guérira de ce rien.

— Me permettez-vous de le soigner, notre cher fils?... dit Mme Dimmer. Pardon, messieurs..... Victor, donnez le bras à votre mère... Les femmes sont nées pour être gardes-malades ou sœurs de charité... n'est-ce pas, monsieur Logereau?

— Oui, madame, et j'ajoute, pour être les ornements de la société.

Mme Dimmer salua, et emmenant Victor devenu très-docile, elle lui dit :

— Vous m'avez promis de m'obéir et de vous soumettre à tout... Votre chambre est exposée au midi, on y étouffe. Je vais vous installer, en garçon, dans une jolie chambrette au nord... Ah! point d'objection.... Vous avez eu le malheur de perdre votre mère?

— Hélas! oui, répondit Victor.

— Non, mon fils, elle est ici; vous l'avez retrouvée...

— Mais demain, reprit Victor, je.....

— Demain, interrompit la mère, n'appartient ni à vous, ni à moi; il est à Dieu.

Victor se résigna, et il entra dans sa chambre nouvelle, avec une tristesse sombre, comme s'il fût entré vivant dans son tombeau.

XIV

La porte de la chambre à coucher du comte Ferdinand s'ouvrit, et Alfred entra brusquement et se
renversa sur un canapé.

— Quelles nouvelles m'apportes-tu? lui dit le
comte, en quittant le journal qu'il lisait.

— Ouf! laisse-moi respirer... j'ai beaucoup de
choses à dire; je cherche un commencement.

— Commence toujours.

— D'abord, le petit créole se porte très-mal; il
garde le lit depuis dix jours, et je crois qu'il y aura
une veuve de plus à l'entrée de l'automne.

— De qui tiens-tu ce renseignement?

— De la meilleure source, du docteur. Mon plan

a réussi. Je me suis planté, comme un therme, devant l'hôtel de la *Croix blanche,* à la station de l'omnibus de Franconville. Je connaissais le docteur ; il m'avait été désigné à la boutique de l'épicier Decroix, où l'on jase beaucoup sur le château de Dimmer. A l'heure de l'omnibus, j'ai vu arriver le docteur, d'un pas précipité, comme un voyageur qui craint de manquer le convoi. Je lui ai fait la politesse d'entrée, devant le marchepied, en l'appelant monsieur le docteur. Il a été flatté de se voir si universellement connu, et nous nous sommes assis côte à côte. Je lui ai demandé la permission de nous donner de l'air, en me plaignant de la chaleur, selon l'usage des habitués des omnibus.

— Au fait ! dit Ferdinand, vite au fait !

— Attends, reprit Alfred ; j'aime à te prouver mon intelligence.

— Je la connais ; poursuis.

— En traversant la campagne, j'ai admiré les blés jaunes qui la couvrent. Le docteur a admiré comme moi ; je cherchais une pensée profonde pour me faire valoir davantage, et j'ai trouvé celle-ci : « La France est le premier pays du monde parce que toutes ses plaines donnent du blé et toutes ses collines du raisin... » Comment trouves-tu cette phrase ?

— Va toujours.

— A Franconville, nous sommes montés ensemble en wagon, grâce à ma phrase profonde. La conversation s'est établie sur le ton de la familiarité entre nous deux. Au moment opportun, j'ai dit qu'en achetant des cigares à Saint-Leu, j'avais entendu parler d'un jeune malade fort intéressant, et dont les voisins de campagne s'occupaient beaucoup. « — Je lui donne mes soins, m'a dit le docteur. — Alors, il est sauvé, ai-je répondu. » Comment trouves-tu ma riposte, Ferdinand?

— Mais, tu m'impatientes! Je suis sur des charbons ardents, s'écria le comte.

— Alors le docteur a poussé un soupir et m'a dit : « Si Dieu ne me vient pas en aide, la guérison sera impossible. C'est une phthisie pulmonaire au dernier degré. Il y a délabrement incurable. Le malade est d'une constitution faible ; c'est un créole d'un sang aduste, qui s'est marié avec la Vénus de Milo, et qui était né pour vivre garçon. — Comme moi, ai-je dit naïvement. — Mais, vous, a repris le docteur, vous êtes un gaillard qui traverseriez douze lunes de miel sans leur emprunter une ride... Ah! les passions! les passions!... — Ce sont les maladies de ceux qui se portent bien, ai-je remarqué. — Et les fossoyeuses

de ceux qui se portent mal, a répliqué le docteur.
— La pauvre jeune femme doit être désolée? ai-je
repris sur un ton naturel. — Oh! a-t-il répondu,
désolée, c'est le mot, je n'ai jamais vu pareil désespoir. »

— Pareil désespoir! interrompit le comte; il
s'est servi de ce terme?

— Oui, Ferdinand; mon rapport doit être fidèle,
je cite textuellement. Le docteur a jouté ceci : « Le
désespoir de la jeune femme est muet et solitaire.
C'est un désespoir exceptionnel : je la rencontre dans les corridors ou sur la terrasse; je
la salue respectueusement et elle ne m'interroge
jamais. La belle-mère ne quitte pas le lit du
malade, et celle-là m'attend à l'antichambre pour
m'accabler de questions. Hélas! je ne puis lui donner aucune réponse satisfaisante! c'est pitié de
voir une maison si opulente, une famille si bien
unie, plongée dans une affliction qu'une richesse
immense ne peut changer en joie!... Monsieur, les
plus heureux de ce monde sont les millionnaires de
la santé comme vous et moi. » Je lui ai serré la main
comme pour le remercier d'une phrase si obligeante. A la station d'Enghien, il est descendu pour
visiter deux clients qui prennent les eaux. Nous
nous sommes séparés comme de vieux amis... Eh

10.

bien! Ferdinand, es-tu satisfait de mon rapport?

— *Un désespoir muet et solitaire!* murmura Ferdinand comme si sa pensée se fût arrêté à cette phrase sans s'attacher au reste du rapport.

— Bon! reprit Alfred, il s'est accroché à cela! Veux-tu que la veuve présomptive danse de joie et folâtre autour du lit de son mari agonisant? Les femmes pleurent toujours, et quand elles n'ont pas de prétexte, elles vont se superposer en gouttières au théâtre de la Gaîté devant un *succès de larmes*, comme disent les journaux.

— Oui, oui, reprit Ferdinand, tout cela et bel et bon, mais en attendant, je n'ai plus revu Anaïs depuis le jour où elle s'est montrée furtivement à moi dans le parc.

— Ah! mon ami, cela se comprend: cette femme t'adore, c'est acquis à ma conviction; mais il y a des convenances à garder. Attendons...

— Attendons, attendons; quoi? demanda le comte.

— Ce qui doit arriver. Un beau matin l'avenir est toujours obligé d'être le présent.

— Eh bien, oui, le veuvage, par exemple, n'est-ce pas! dit le comte.

— Admettons le veuvage.

— Puis-je épouser une veuve le lendemain de la mort de son mari?

— Non.

— Ces convenances dont tu parles peuvent encore arrêter la veuve, tant que le deuil durera.

— C'est possible.

— Et comment faire alors pour attendre la fin du maximum des convenances, un an révolu? Ce n'est pas M. le maire que je trouverai au bout, c'est le concierge de Clichy.

Alfred, toujours étendu sur le canapé, sifflait un air inconnu, et regardait les quatre tableaux suspendus aux murs de la chambre.

— Tu ne réponds pas? dit Ferdinand.

— Oui, je réponds; mais tu ne comprends rien aux pantomimes toi un amateur de ballets! un habitué de l'Opéra!

— Voyons, Alfred, trêve aux plaisanteries ; parle-moi ta pantomime.

— Ferdinand, tu as vendu tous tes bijoux paternels, maternels, tanternels, avec un héroïsme qui t'honore. Il ne te reste plus que ces quatre portraits d'ancêtres, qui sont d'un grand prix; quatre toiles de Greuse!...

— Oh! jamais, jamais! interrompit le comte.

— Alors, je vais retenir ta cage à la ménagerie de Clichy.

— Le portrait de mon grand-oncle, chevalier de Saint-Louis, dit Ferdinand, en contemplant les tableaux; le portrait de mon aïeule qui avait un tabouret à la cour; le portrait de ma bisaïeule, qui montait dans les carrosses de Louis XV, et celui de sa fille Clorinde, en amazone; quatre chefs-d'œuvre!

— Parbleu! dit Alfred, si tu avais là quatre croûtes, je ne te proposerais pas de les vendre... j'en ai le placement.

— Vrai?

— Payables à livraison des marchandises.

— Tu appelles mes ancêtres des marchandises?

— A quoi diable vas-tu t'arrêter? je me sers des termes de commerce.

— Jamais, je ne consentirai à exposer ma famille à l'hôtel des commissaires-priseurs.

— Mais je veux aussi éviter ce désagrément à ta famille, dit Alfred; j'ai un acheteur sous la main.

— Un acheteur honorable?

— Riche, c'est la même chose, et qui est intéressé à garder sur cet achat le plus profond secret.

— Comment?

— C'est un bourgeois millionnaire, qui est possédé d'une étrange manie : il veut se donner des

ancêtres, parce qu'il a le bonheur d'être bâtard.
Or, tous les ancêtres poudrés se ressemblent
comme deux grains d'amidon. Tiens ! ton grand
oncle, le chevalier de Saint-Louis, ressemble à mon
acheteur. On met une perruque sur un nez, et cela
ressemble à tout le monde. Sous le règne de la
poudre, on peignait toujours le même portrait.
Greuse et Fragonard ne faisaient jamais poser ; ils
avaient une collection de portraits tout faits, comme
on a aujourd'hui des habits confectionnés pour
toutes les tailles. Un ancêtre allait chez ces grands
peintres, et il choisissait le portrait qui lui ressemblait le plus. Ainsi tes quatre portraits sont des
toiles d'occasion, ce qui doit anéantir tes regrets en
les vendant pour cause de Clichy.

— Ce diable d'Alfred, dit Ferdinand, il me fera
vendre jusqu'à mon porte-monnaie !

— A quoi te servirait-il, si tu n'as pas le sou ?

— Allons, je me résigne à me séparer de ma famille.

— Ferdinand, si ton grand oncle, celui-là, vivait,
crois-tu qu'il te laisserait conduire à Clichy pour
dix mille francs ?

— Oh ! non !

— Eh bien ! *du haut du ciel, sa demeure dernière*, comme dit M. Scribe, il doit être enchanté

de voir que tu vends son portrait pour éviter la
prison.

— Soit.

— Attends-moi, je cours chez mon acheteur. Tu
n'iras pas à Clichy, et nous pourrons attendre le
petit deuil de la veuve.

XV

Le premier souffle de l'automne ressemble à la plainte de l'été qui s'en va, il pénétrait, à travers les persiennes, dans la chambre où le malheureux Victor luttait contre son agonie. Le soleil se levait derrière des nuages de plomb, sur des collines où la teinte jaune remplaçait la verdure joyeuse. La saison de la vie était agonisante aussi, et le ciel préparait son deuil.

Le plus profond silence régnait dans le château.

Toute la famille oubliait dans le sommeil des heures matinales les émotions et les brûlantes insomnies des dernières nuits.

Un seul domestique s'était dévoué aux veilles et

se contentait de deux heures de repos par jour. Aucune fatigue n'altérait la force de ce serviteur colossal qui, forcé d'être égoïste, pour cause de tempérament, avait pris en affection Victor, même avant le mariage, et montrait au jeune créole le dévouement de l'esclave fidèle, lorsqu'il n'y avait pas de témoins.

Il est vrai que Victor avait depuis longtemps remarqué le zèle d'André, et, généreux comme un créole, il ne lui épargnait pas les gratifications.

D'une voix mourante et qui avait besoin du geste pour faire comprendre la phrase, Victor se souleva péniblement, et dit :

— André... n'oubliez pas de jeter demain à la petite poste la lettre que je vous ai confiée... Ne l'oubliez pas.

— Monsieur peut y compter, dit André ; la lettre est toujours dans ma poche.

— Vous n'êtes pas oublié dans cette lettre, reprit Victor.

Ces mots furent à peine entendus par le domestique, car à chaque instant le peu de force qui restait au malade semblait s'éteindre : André n'osait le regarder en face, de peur de trahir son émotion en voyant ce visage livide, recouvert d'une couche de cire, et ne conservant de la vie que deux points lumineux, imperceptibles sous les paupières. Quand les assistants ne savent pas contenir l'étonnement douloureux, leur figure sert de miroir aux malades.

Le docteur arriva, en montrant, lui, un de ces visages immuables, qui sourient à la guérison comme à l'agonie. Il s'assit au chevet du malade, demanda des nouvelles de la nuit, n'attendit pas la réponse, prit la main de Victor, consulta son pouls, tira sa montre, compta les pulsations, et dit d'une voix rassurée :

— Allons, mon ami, ça va mieux .. Vous devez avoir un peu de suffocation, mais le temps est à l'orage ; nous sommes tous sous l'influence du vent du sud. Moi-même j'ai perdu la respiration en montant l'escalier.

M. Dimmer entra, serra la main du docteur, donna un sourire forcé au malade, et dit :

— Eh bien ! comment nous portons-nous, ce matin?

— Il y a du mieux, répondit le docteur, il y a du mieux.

L'ironique expression du doute contracta le visage du malade.

Dimmer prit un ton léger, et dit :

— Cher docteur, nous avons encore une petite indisposition au château...

— Ah! reprit le docteur en riant, j'adore le travail; il nous faut des malades, nous en vivons... Qui me réclame?

— Oh! ce n'est presque pas la peine, reprit Dimmer... Ma femme a une... simple courbature... un chaud-froid... Les femmes ne prennent aucune précaution quand la saison change... Mme Dimmer a, je crois, un peu de fièvre... Vous verrez, docteur...

— Oui, en descendant... André, donnez-moi une plume, de l'encre et du papier... Je vais écrire une ordonnance... c'est une potion calmante que Mialhe fait très-bien...

Le docteur écrivit et donna le papier à Dimmer, en disant :

— Vous connaissez l'adresse... rue Favart.

Dimmer prit la feuille-ordonnance, et lut : *Point de femmes ici, point de scènes violentes. Ne troublons jamais ceux qui vont mourir..*

Victor se souleva péniblement, s'appuya sur le coude, et dit d'une voix de rêve :

— Quelle triste comédie vous me jouez là! Ce qui doit m'arriver aujourd'hui, je l'ai prévu depuis trois mois.

— Allons! dit le docteur, voilà comme sont tous les jeunes malades sans expérience! A la moindre fièvre, ils se croient perdus... Mon ami, vous portez en vous le meilleur des remèdes... vingt-cinq ans !

Dimmer, dans l'attitude d'un homme que la foudre frappe sans le renverser, lisait toujours la fausse ordonnance, en tournant le dos à Victor.

La demande inévitable ne se fit pas longtemps attendre. Le malade retint le docteur par la basque de son habit, au moment où il allait sortir, et lui dit d'un ton déchirant :

— Je veux voir ma femme.

Dimmer entendit ces paroles quoiqu'elles eussent été prononcées très-bas, et dit :

— Je vais voir si Anaïs est levée... Descendez-vous avec moi, docteur ?

— Oui... Je vais faire un tour de promenade dans le parc... A bientôt, mon cher malade.. Et bon courage.

— A bientôt, mon fils, ajouta Dimmer.

Ils sortirent lentement, comme s'ils se fussent arrachés avec peine à un spectacle plein de charmes pour eux.

Sur l'escalier, M. Dimmer prit le bras du docteur pour se soutenir, et lui dit :

— Je ne suis pas habitué à ces choses... je perds la tête... Mon pauvre Victor est donc bien mal ?

— Il faudrait un miracle pour le sauver, et la médecine n'en fait pas, lorsque Dieu ne veut pas en faire.

— Et ma femme, comment l'avez-vous trouvée ?

— Oh ! nous la sauverons... Mme Dimmer a une fièvre cérébrale ; mais elle est fortement constituée...

— Oh ! interrompit Dimmer, elle adore son beaufils, et si Victor...

Il s'arrêta, les larmes l'empêchèrent de continuer.

Devant la porte de l'appartement de sa fille, il s'arrêta, et serrant la main du docteur, il lui dit :

— Ne me quittez pas, ne nous quittez pas, au nom du ciel !... j'ai besoin de votre courage... mes pieds ne me soutiennent plus... il me semble que ma maison s'écroule... Ah ! malheur à qui s'habitue au bonheur !

— Je ne vous quitterai pas, reprit le docteur ému ; toute ma journée est à vous.

— En voilà une de corvée mortelle ! reprit Dimmer, en posant la main sur la clef de la porte de l'appartement de sa fille... Ceci est au-dessus de mes forces... Pauvre Anaïs !... elle a versé toutes les larmes de ses yeux et de son cœur... Les insomnies l'ont brisée, elle si forte !... Et il faut lui annoncer l'agonie de son mari!... un mari qu'elle adore! Ma pauvre fille sera folle avant ce soir!...

— Il faut la préparer à son malheur avec des ménagements, dit le docteur qui ne savait plus que dire, il ne faut rien brusquer... Voyons, cher Dimmer, composez-vous un visage moins effrayant. Si vous entrez, ainsi bouleversé, chez votre fille, elle se croira veuve déjà... Les coups de foudre tuent, les ménagements sauvent... Allons, une bonne résolution et du courage: le pauvre malade s'impatiente là-haut.

Dimmer se raffermit sur ses pieds, essuya ses larmes, et ouvrit la porte.

Anaïs demi nue, les cheveux en désordre, les yeux fixés au plafond, était renversée dans un fauteuil, et sa main, avancée jusqu'aux genoux, agitait une lettre, à peine retenue par l'extrémité des doigts.

En voyant entrer son père, elle tressaillit et la lettre tomba sur le parquet.

Le père embrassa tendrement sa fille et lui dit sur un ton d'habitude :

— Eh bien! nous ne faisons pas notre visite du matin à notre mari ?

Anaïs garda son attitude et ne répondit pas.

— Victor attend le bonjour de sa femme, pour-

suivit Dimmer ; il ne faut pas donner de l'impatience aux malades... Le docteur l'a trouvé beaucoup mieux ce matin. . ta mère a passé une assez
bonne nuit... le docteur est content... Eh bien !
tu es muette ?... Anaïs ne m'afflige pas... n'effraye
pas ton père... réponds-moi...

— Mon père, dit Anaïs d'une voix sourde, ne
m'obligez pas à parler... désirez que je me taise...

— Tu as donc des secrets que j'ignore ?

— Oui...

— Confie-les-moi, chère enfant... Mon Dieu !
quels secrets peut-elle avoir !... les as-tu confiés à
ta mère ?

— Ma mère est une marâtre.

— Que dis-tu, Anaïs ; ta mère qui t'adore, qui
ne vit que pour toi...

— Et qui me tue, interrompit Anaïs.

Une pensée étrange, mais que les paroles d'Anaïs
rendaient fort naturelle, tomba dans le cerveau de
Dimmer et s'y fixa.

— Prends garde, ma fille, dit-il en frémissant,
prends garde ! tu me donnes des soupçons |hor-
ribles, et...

— Ne soupçonnez rien ; vos soupçons seraient
une erreur.

— Oh ! se dit le père à voix contenue, cette affection de ma femme pour un beau-fils est trop vive pour être innocente !... Anaïs, mes soupçons ne me trompent pas... je devine tout...

Il ramassa la lettre et lut sur l'adresse : *A ma mère.*

— Ne lisez pas ! ne lisez pas ! s'écria la jeune femme en se précipitant sur la lettre pour l'arracher des mains de son père.

Dimmer repoussa doucement sa fille et éleva la lettre au-dessus de sa tête et de toute la hauteur du bras.

— Je devine ce qu'elle contient, dit-il d'une voix désolée ; et maintenant je comprends ton désespoir. Tu veux sauver l'honneur de ta mère, c'est ton devoir de fille. Voilà ta lettre ; je l'ai lue sans l'ouvrir.

Anaïs chercha le sens caché sous ces paroles, et l'ayant trouvé elle se leva toute convulsive et dit :

— L'honneur de ma mère !... mais l'honneur de ma mère n'est pas compromis. Vous venez d'admettre une chose impossible et sans exemple dans les familles. C'est une horreur inventée par une imagination en délire ! l'honneur de ma mère m'est sacré aussi, et je le défendrai contre tous les soupçons injurieux, même contre ceux qui viennent de vous.

— Mais alors, dit Dimmer, pourquoi écris-tu à ta mère ; quel est le motif de cette mystérieuse correspondance engagée sous le même toit entre mère et fille? C'est que la plume seule ose dire ce que la voix ne dira jamais.

— Oserai-je, mon père, vous donner un conseil ? dit Anaïs d'une voix suppliante.

— Donne ton conseil, reprit le père en se laissant tomber sur un fauteuil.

— Ne m'interrogez pas, ne m'interrogez pas.

— Tu veux me laisser dans le doute ! dit le père en croisant les mains pas-dessus la tête ; mais j'aime mieux la mort par la vérité que le long martyre par le soupçon. Je t'interrogerai tant que tu ne me répondras pas, et si tu t'obstines à te taire, je sais ce qu'il faudra penser de ta mère et de ton mari.

— Oh! ceci est intolérable! s'écria la fille ; la fatalité me pousse à tous les excès malgré mes luttes. Tant pis!... voila ma lettre, lisez.

Le père prit la lettre offerte et une sueur froide mouilla les mains qui s'apprêtaient à l'ouvrir.

— Ma mère, continua la jeune femme, ne veut pas m'écouter, et elle m'accuse d'un crime ; je lui écris, et elle me fait rendre ma lettre sans la décacheter.

Il est impossible de peindre toutes les nuances de surprise et de terreur qui contractèrent le visage de Dimmer à la lecture de la révélation suivante :

« Mère toujours chérie,

» Oui, il y a un secret horrible dans cette maison, un secret dont je suis seule confidente, et je vais le trahir.

» Puisque vous ne voulez pas m'écouter, lisez-moi.

» Celui que j'ai le malheur d'avoir pour mari a lâchement assassiné le comte Ferdinand de Lassis, un gentilhomme qui avait des droits à votre estime et à la mienne, et que Victor regardait comme son rival... »

La lettre tomba des mains de Dimmer.

— Continuez, dit froidement Anaïs.

Le père ouvrit des yeux démesurés et les fixa sur sa fille.

Anaïs soutint ce regard avec calme, et fit, en inclinant la tête, plusieurs signes d'affirmation ; puis elle ajouta :

— Vous comprenez, mon père, ces lignes ne

11.

peuvent pas être inventées, surtout devant le lit
d'un moribond qui va paraître devant Dieu.

— Et qui t'a fait, dis-moi, Anaïs, cette horrible
révélation ?

— Lui !

Ce mot, prononcé avec assurance, foudroya
Dimmer.

Ce malheureux père appuya sa tête sur ses
mains; la pensée abandonna son cerveau. Il éprouva
cette sensation instantanée qui doit suivre immé-
diatement la mort du criminel qu'on décapite. Ces
terribles secousses étaient intolérables pour l'habitué du bonheur.

Un léger coup donné sur la porte le fit tressaillir
et le rendit à la vie. Anaïs se leva et, s'enveloppant
d'un burnous, elle entr'ouvrit la porte pour con-
gédier l'importun qui arrivait si mal à propos.

C'était le domestique André, qui profitait d'une
commission donnée pour continuer ses études.

— Monsieur, dit-il, s'impatiente beaucoup; il
veut voir sa famille.

— C'est bien, dit Anaïs, nous allons monter.

Et elle referma la porte brusquement.

— Mon Dieu! dit le père d'une voix déchirante, le
plus heureux de tous est celui qui va mourir.

Anaïs répara le désordre de sa chevelure et de

sa toilette, et prenant les mains de son père, elle lui dit :

— On ne peut rien refuser à un moribond, même criminel. Hier, celui-ci a demandé un prêtre et s'est entretenu longtemps avec lui. Le repentir est sans doute tombé dans le cœur de l'agonisant; la main qui absout s'est étendue sur lui; Dieu a pardonné. Montons pour imiter Dieu.

Dimmer embrassa sa fille et fit un signe d'adhésion.

— Mais écoutez bien ceci, mon père, poursuivit Anaïs... Si, touché par le spectacle de mort qui nous attend là-haut, vous éleviez des doutes sur ma confidence, je me verrais réduite à la cruelle nécessité de me défendre devant un agonisant, et j'arrêterais la vie sur ses lèvres pour le forcer à faire lui-même l'aveu de son crime, avant la mort.

Dimmer avait perdu le sentiment de la volonté personnelle, il baissa la tête et suivit sa fille, sans donner d'autre réponse que le silence.

Sur l'escalier, il rencontra son ami Logereau qui arrivait de Paris, apportant une nouvelle des plus graves, car lorsque la fatalité commence son jeu dans une opulente maison, elle s'acharne sur sa proie, et ne la quitte plus. C'est la vengeance du pauvre.

— Ça va mieux chez toi, dit-il tout essoufflé ; j'ai rencontré le docteur. Ça va très-mal, là-bas, on attend tes ordres...

— Je vous donne carte blanche, interrompit Dimmer, et il monta une marche, en tournant le dos à son ami, qui l'arrêta par le bras, en disant :

— Une minute, mon cher... la liquidation a été affreuse pour nous tous ; elle nous écrase. Les baissiers ont fait courir cent bruits absurdes. On a dit que la Russie marchait vers le Pruth ; que la récolte des céréales était perdue, que l'Angleterre...

— Va-t'en au diable ! interrompit encore Dimmer, en se débarrassant de l'étreinte de Logereau.

Et entraîné par sa fille, il gagna l'étage supérieur et entra dans la chambre de Victor.

Logereau resta quelque temps immobile, comme une statue d'escalier, puis il dit :

— C'est bon ! il m'a donné carte blanche devant témoin. Allons travailler.

La lampe qui va s'éteindre jette tout à coup une lueur plus vive. Victor parut ressusciter en voyant sa femme ; ses yeux rayonnèrent de joie, sa voix reprit sa force, sa figure perdit sa teinte livide. Il saisit la main d'Anaïs et la couvrit de baisers.

La jeune femme s'assit, et répondit par un de ces sourires que le mensonge du cœur a inventés.

Le père se tint debout devant la fenêtre, et les yeux fixés sur la campagne.

André, assis dans un coin, et comme accablé par de longues insomnies, observait tout, comme un espion endormi qui ne dort pas.

— Oh! j'avais besoin de te voir, disait Victor; toi qui m'as fait deviner sur la terre le bonheur qui m'attend là-haut; toi qui embellis la mort, et me rends si facile ce grand voyage! Ange de ma vie, j'arrive avant toi au dernier rendez-vous donné. Ce n'est pas un adieu éternel, c'est la séparation d'un instant.

Anaïs laissa tomber sa tête sur le chevet du lit, et cacha son visage pour faire croire à des larmes qui ne coulaient pas.

— Ne pleure pas, reprit Victor, chère compagne de mon éternité. Je te quitte sur cette terre, où l'on aime un instant, pour te retrouver dans le jardin céleste où l'on aime toujours.

Le souffle manqua aux lèvres de Victor.

— J'étouffe, dit-il, donnez-moi de l'air.

Le père ouvrit la fenêtre, et en écoutant cette

voix d'agonie, cette voix douce comme la mélodie de l'innocence, il élevait des doutes sur le crime, et se cramponnait au balcon, pour résister à la tentation dangereuse de courir à l'agonisant et de le serrer dans ses bras.

On entendait retentir au dehors un chœur de voix joyeuses. C'était une noce de village qui défilait devant la grille du parc; tous les visages rayonnaient de santé, de vigueur, d'allégresse. Jeunes et vieux avaient le même âge. Le délire du bonheur enivrait cette kermesse vivante, comme si tout ce monde se fût marié.

Le hasard aime les contrastes et les arrange très-bien.

La main de Victor se raidit et abandonna la main d'Anaïs; les yeux de l'agonisant se vitrèrent et son souffle devint un râle. La jeune femme gardait son immobilité de statue couchée sur un tombeau; le père suivait d'un œil hébété la noce qui se rendait à l'église André, qui s'étonnait de ne recevoir aucun ordre, se leva et courut avertir le docteur.

En remontant l'escalier, le domestique s'arrêta devant la chambre d'Anaïs, et laissant le docteur, il ouvrit la porte pour s'assurer si une lettre ouverte qu'il venait d'entrevoir avait été oubliée sur le tapis du parquet.

Le domestique ne se trompait pas en comptant sur la fiévreuse étourderie de ses maîtres.

La lettre attendait l'espion. André la ramassa, la lut rapidement, la remit à sa place, et ajournant ses émotions, il remonta l'escalier, et entra dans la chambre de Victor quelques instants après le doc- teur.

Rien n'était changé dans ce lugubre tableau d'intérieur. Le médecin comptait les dernières pul- sations de la vie sur le pouls de l'agonisant.

On entendit ces deux mots : *Ma femme*, qui semblaient sortir d'une tombe, et le docteur retirant sa main, essuya deux larmes, et dit :

— Notre devoir est fait.

Une noble et pure intelligence venait de s'étein- dre dans sa fleur.

XVI

A l'exemple de Saint-Simon, cet illustre portier de Versailles, si tous les serviteurs des grandes maisons écrivaient leurs mémoires secrets, que de révélations instructives jailliraient pour tous de cette bibliothèque bourgeoise ! L'histoire batailleuse des rois n'est utile à personne, pas même aux rois.

Avant d'obéir au dernier ordre de Victor agonisant, le domestique André s'enferma dans sa chambre, et par un procédé connu de tous les serviteurs en livrée, il décacheta la lettre sans porter atteinte à la cire rouge, et il lut avidement :

« Mon cher frère,

» En naissant, nous sommes tous condamnés à
» mort, mais avec des sursis indéterminés, a-t-on
» dit quelque part ; je ne puis que t'envoyer cette
» consolation ; partage-la avec mon père, elle sera
» plus grande.

» Mon sursis expire. J'ai encore assez de force
» aujourd'hui pour écrire une lettre ; demain peut-
» être mon agonie commencera.

» Il y a chez nous des fruits qui promettent
» beaucoup, mais ils sont piqués par un ver invi-
» sible dans leur germe, et ils tombent avant la ma-
» turité. J'étais un de ces fruits du tropique.

» On dira que mon mariage est la circonstance
» exténuante de ma mort si précoce. Autour de moi
» j'ai entendu murmurer des paroles qui pourraient
» plus tard éclater plus haut et donner de la con-
» sistance à ce bruit. Tu le démentiras ; tu seras
» mon avocat posthume, car si pareille rumeur
» s'accréditait, elle donnerait prétexte à d'odieux
» commentaires ou à d'infàmes suppositions. Dans
» cette ville, où chaque année voit éclore, sur les
» théâtres, une trentaine de drames lugubres, le
» public va toujours plus loin que la réalité. Il y a

» une histoire, dont on parle encore, quoiqu'an-
» cienne, celle de madame Lafarge, qui ne pouvant
» supporter l'idée de vivre avec un mari qui pro-
» mettait de vivre longtemps, l'empoisonna. Je
» livre cela à ton appréciation intelligente... Anaïs
» est la plus belle des femmes. Moi, hélas! j'étais
» un point noir perdu dans ses rayons. L'âme, le
» cœur, l'esprit, sont choses invisibles pour les
» yeux de la foule ; on plaignait ma femme comme
» si elle était frappée d'un fléau qui se nomme un
» mari. Si tu savais tout ce que j'ai entendu dire
» et tout ce que j'ai deviné qu'on disait de peu
» charitable sur mon compte, tu en rirais d'abord,
» mais en bien réfléchissant, tu redouterais tout ce
» que la méchanceté peut ajouter de sinistre, quand
» le fléau disparaîtra, en laissant la belle veuve
» tout à fait libre de prendre sa revanche de ma-
» riage avec un stupide Apollon brun, ou un Her-
» cule du Nord, premier prix de polka.|

　» De mes volontés dernières, celle-ci est la plus
» sainte : ne laisse jamais souiller par une calomnie
» l'ange que je laisse sur la terre, et qui me combla
» des preuves de son amour, moi indigne !

　» Voici mes autres recommandations.

　» Il y a, dans la maison, un serviteur modèle,
» qui s'est montré d'un dévouement à toute

» épreuve ; il se nomme André. C'est un type ; il
» parle peu, il n'espionne pas, il dort beaucoup et
» fait son devoir. Tu lui donneras dix mille francs.

» Tu viendras donc régler mes affaires à Paris.
» Je n'ai point fait de testament. Ma femme a reçu
» une dot de deux millions ; elle en aura douze à
» la mort de son père, et je n'ai pas voulu jeter,
» par la main d'un notaire, ma goutte d'eau de
» six cent mille francs dans cet océan d'or.

» Mon beau-père te remettra le dépôt ; il me
» semble que cela ne doit faire aucune difficulté.

» Tu te feras indiquer le maquignon le plus accré-
» dité au Jockey-Club, et tu achèteras deux chevaux
» d'un très-grand prix. C'est un présent que tu
» feras, en mon nom, au colonel ***, en garnison
» à Versailles. C'est le souvenir d'un grand service
» rendu.

» Ma femme m'a souvent répété cette phrase, en
» l'accompagnant de ses larmes : Cher Victor, si
» j'avais le malheur de te perdre, je me retirerais
» dans un couvent pour y finir mes jours.

» Je connais le caractère d'Anaïs ; elle fera ce
» qu'elle a dit : c'est une Romaine. Informe-toi du
» couvent, et donne tout le reste à la supérieure.
» Ce sera une fondation destinée à recevoir gratui-
» tement de pauvres femmes frappées par le mal-

» heur et ne pouvant plus vivre dans une société
» qui vend fort cher l'abri du toit et le pain quo-
» tidien.

» J'ai fait de grand cœur le sacrifice de ma vie;
» la mort n'est terrible que vue à distance d'ho-
» rizon : de loin, c'est un spectre; de près, c'est un
» ange. Je me suis tellement familiarisé avec cet
» accident naturel qu'un plus long sursis ne serait
» pas pour moi une faveur.

» Adieu, cher frère, cher ami, *nous nous rever-*
» *rons dans un monde meilleur.* Dieu n'aurait pas
» permis que cette phrase consolante eût été si
» souvent dite si elle était une déception.

» Victor. »

« *P. S.* André sera la première personne que tu
» verras en arrivant à Paris. Cette recommandation
» est fort importante. Pourquoi? Je l'ignore. Il y a
» dans la vie de l'homme des conseils intimes et
» mystérieux qu'on appelle des pressentiments et
» qui changent de nom dans l'agonie du chrétien :
» ce sont alors des révélations !

» V. »

André relut cette lettre, et, en la rendant à son état primitif, il se dit à lui-même en haussant les épaules :

— Le jeune homme qui a écrit cette lettre n'est pas un assassin ! C'est bien ! j'attends le frère.

XVII

Dans le trimestre qui suivit la mort du jeune créole, il y eut quelques événements de détails, qui doivent être brièvement mentionnés dans une histoire destinée à être courte, et ne pouvant se donner les développements d'une fable romanesque.

La jeune veuve, devenue maîtresse de sa conduite, entra tout de suite dans une pieuse maison de retraite, rue de Vaugirard. Cette résolution avait été prise depuis longtemps et devait dérouter certains soupçons de la calomnie, ou, pour mieux dire, de la mé lisance. Anaïs ne songeait nullement, comme on le pense bien, à s'ensevelir vivante dans un cloître et à prononcer des vœux éternels; mais au moment où ses envieux s'attendaient à la voir jouir de son indépendance, après quelques jours de douleur hypocrite, elle trouva ingénieux d'abandonner le monde, et de se faire esclave, en se soumettant aux rigides lois d'une sainte communauté. D'ailleurs, grâce, non à son expérience, mais à ses innombrables lectures, elle connaissait Paris, cette grande oublieuse, cette ville qui perd la mémoire par l'étourdissement, au milieu du bruit éternel qu'elle fait.

— Trois mois écoulés, disait-elle, et personne ne parlera plus de moi, et sans péril aucun, je reprendrai ma liberté.

Toutefois, il faut le consigner à son éloge, cinq semaines après sa reclusion volontaire, elle eut sérieusement l'intention de dire au monde un éternel adieu. Sa mère avait succombé, après une maladie inflammatoire qui avait même altéré sa raison. Enfin, une autre nouvelle lui parvint, et la trouva indifférente. Son père, très-bien servi par ses amis, était si voisin d'une ruine complète, qu'il demandait à sa fille comme un service, tout ce qu'elle pouvait lui donner sur sa dot de deux millions. La lettre de M. Dimmer avait cette incohérence de pensées et de style qui part d'un cer-

veau détraqué, mais la question d'intérêt y était
traitée avec une lucidité parfaite. Anaïs fit alors un
raisonnement qui lui parut admirable de justesse.

— Le comte Ferdinand, se dit-elle, n'est pas un
de ces bourgeois du jour, qui aiment une femme
pour son argent; c'est un gentilhomme; sa première lettre en fait foi. Il est fort riche, lui, tout
l'annonce; il m'aime et le prouve. Que lui importe
ma fortune? Il sait bien qu'il a mon amour! Bien
plus, son noble cœur sera touché, lorsqu'il saura
que, maîtresse de ma dot, j'en ai donné la plus
grande partie pour secourir mon père, et sauver
son honneur dans un naufrage de Bourse.

Tranquille sur ce point, elle donna toutes les si-
gnatures et toutes les procurations demandées, et
ne garda pour elle que la modique somme de deux
cent mille francs.

André, le domestique, était l'intermédiaire de
toutes ces affaires de famille et le facteur de toutes
les lettres. Cet homme n'avait pas pris beaucoup de
peine pour s'emparer de la volonté de son maître
et gouverner la maison en l'absence de l'esprit de
Dimmer. Il avait chassé, depuis longtemps de
l'hôtel, le portier-journaliste, en lui donnant un
successeur à peu près muet. Au reste, le règne de
ce successeur ne devait pas être long, l'hôtel pas-

sant bientôt en d'autres mains. André s'était ensuite constitué le gardien du château de Saint-Leu
pour le montrer aux acquéreurs et en dégoûter tout
le monde en le présentant comme un endroit mal-
sain qui tuait, ou ruinait, ou rendait fous ceux qui
avaient le malheur de l'habiter. Il savait très-bien
que ce subterfuge puéril ne pouvait réussir longtemps à notre époque de démolition générale où les
terrains seuls ne sont pas démolis; mais il espérait retarder la vente jusqu'à l'arrivée du frère de
Victor.

De toutes ces choses, le comte Ferdinand ne connaissait que la mort du mari d'Anaïs et l'adroite
reclusion de la veuve à la rue Vaugirard. Il igno-
rait tout le reste, même la ruine de Dimmer, ruine
que les intermédiaires amis avaient tenue secrète
en payant toutes les différences, vraies ou fausses,
sans esclandre et sans retard.

Fidèle à son système, le comte Ferdinand attendait ce qui devait infailliblement venir à lui, la
femme et la fortune.

Un jour, André entendit sonner à la grille du château de Saint-Leu, il accourut pour ouvrir, et re-
cula de deux pas, comme devant une apparition funèbre.

Le visiteur fit un sourire triste, et prenant la main du domestique, il la serra.

— J'attendais M. Charles, dit André revenu de sa frayeur.

— Vous m'avez reconnu tout de suite, dit le visiteur.

— Oui, reprit André, en croyant que c'était l'autre... le pauvre mort... Oh ! quelle ressemblance !

— Ne restons pas ici devant la grille, dit Charles ; on pourrait me voir. Je suis venu de Paris à pied, en prenant les plus grandes précautions... ici, suis-je à l'abri de toute curiosité indiscrète ?

— Mon Dieu ! quelle ressemblance ! reprit André... le son de voix est le même aussi... Ah ! pardon, monsieur... je suis tout... bouleversé... vous ne craignez pas les curieux dans ce château... je l'habite seul, et maintenant personne n'y entrera plus... je vais moi-même chercher ce qu'il me faut pour mes petits repas, à l'auberge de la *Croix Blanche*... Si cet ordinaire est du goût de monsieur...

— Tout m'est indifférent, interrompit Charles ; montrez-moi tout de suite la chambre où mon pauvre frère est mort.

— Comment ! monsieur aura le courage de...

— Oui, oui, interrompit le jeune créole ; c'est un

courage bien facile ; je veux voir la chambre où je
suis mort.

— C'est vrai, dit le serviteur en essuyant une
larme ; votre frère et vous, c'est le même homme...
Monsieur veut-il me suivre ?

André monta l'escalier et arrivé au second étage,
il ouvrit la porte de la chambre funèbre, et dit :

— Voilà... rien n'est changé...

— Rien n'est changé, dites-vous... personne n'est
entré ici, depuis sa mort ?

— Personne.

— Pas même la veuve ?

— Oh ! la veuve s'est sauvée le lendemain, comme
si le diable l'emportait.

— Ah !

— Voilà, monsieur, tous ses effets encore, tout
son linge... ses livres... ah ! cela fait venir les larmes aux yeux !

Charles regardait tout avec un intérêt émouvant ;
il posait sa main avec affection sur tous les objets
qui avaient appartenu au malheureux Victor ; il se
complaisait dans ce lugubre inventaire et n'oubliait
aucun détail d'inspection.

Quand il eut tout examiné, il dit :

— C'est bien ! voilà ma chambre... je n'ai pas

besoin de faire apporter mes bagages... cela pourrait éveiller des soupçons... je m'habillerai ici.

Il réfléchit quelques instants, et ajouta :

— Sa femme n'a donc rien emporté d'ici comme
souvenir... pas un livre, un bijou, une de ces ba-
gatelles qui sont éparses sur les meubles?... rien?

— Rien ; répondit André, comme un écho.

— C'est étrange ! reprit Charles, quoi, pas même
cette petite photographie en médaillon?

— Oui, dit André.

— Et elle n'est jamais rentrée dans cette chambre !

— Jamais.

André répondait par des monosyllabes, avec ce
laconisme sec qui semble tenir en réserve de
longues explications.

— Voulez-vous bien maintenant, reprit Charles,
m'ouvrir la chambre de la veuve?... C'est bien ici
qu'ils se sont mariés?

— Oui, monsieur.

Ils descendirent à l'étage inférieur.

Charles ressemblait à un juge d'instruction en
recherche de vérités, après la découverte d'un
crime.

Cette chambre était décorée avec une élégance
voluptueuse qui frappa le jeune visiteur. Elle res-

semblait beaucoup plus au boudoir d'Aspasie qu'au sanctuaire de la pudeur conjugale. Le choix des tableaux, la profusion des statuettes, la disposition des glaces, indiquaient une certaine préméditation dans la pensée de la personne qui avait imaginé l'ameublement.

— Cette chambre fait honneur au bon goût de monsieur Dimmer, remarqua Charles en appuyant sur chaque mot.

— Oh! monsieur Dimmer, dit André, n'est pas homme à s'amuser avec ces bêtises. C'est madame. .

— La belle-mère ? interrompit Charles.

— Oh! non, monsieur... c'est votre belle-sœur... Tout ce que vous voyez là, toutes ces femmes de païens... toutes ces glaces... tous ces tableaux drôles n'étaient pas dans la chambre à coucher en principe; il y en avait un peu partout dans le château et dans le chénil. Toutes ces bêtises appartenaient à l'ancien maître du château, un fou qui s'est ruiné avec une comédienne. Madame votre belle-sœur, qui furetait partout, acheva elle-même l'ameublement de sa chambre avec ces épouvantails de conscience. Tous les jours elle ajoutait quelque chose... Il faut vous dire qu'elle s'ennuyait beaucoup...

— Ah! elle s'ennuyait, interrompit Charles.

12.

— A la campagne, on s'ennuie toujours, reprit André avec bonhomie.

— Une nouvelle mariée qui aime son mari ne s'ennuie pas après quelques mois de mariage.

— Celle-là, dit André, s'est ennuyée le premier jour, c'était son caractère.

— André, dit Charles sur un ton sévère, prenez garde, vous allez bien loin. Vous laissez supposer que vous savez bien des choses...

— Oh! oui, je sais bien des choses, interrompit André.

— Je m'en doutais, dit Charles, et vous pouvez me dire tout ce que vous savez. Écoutez-moi, André, je connaissais très-bien mon pauvre frère; il était rempli de confiance et de bonne foi, et je n'ai jamais cru à tout ce qu'il me disait, dans ses lettres, sur l'amour de sa femme; il y avait là-dessous pour moi un mystère, qui s'est éclairé aujourd'hui. Vous étiez dévoué à mon pauvre Victor, je le sais, et un legs de dix mille francs, qu'il vous ait, me prouve toute la sincérité de votre dévoueme n Soyez pour Charles ce que vous étiez pour Victor Parlez, instruisez-moi; vous ne serez plus un domestique, vous serez un ami.

André soupira, balbutia quelques mots inintelligibles, et dit :

— Madame votre belle-sœur est entrée dans un couvent; on dit qu'elle n'en sortira plus...

— Croyez-vous, interrompit Charles, que le désespoir d'avoir perdu son mari l'a jetée dans un couvent?

— Oh! non.

— Non, dites-vous; il y a donc une autre raison?

— Il y a le repentir.

— Le repentir suppose un crime. Vous en avez trop dit, André; je devine tout.

André garda le silence, et deux larmes coulèrent sur ses joues.

— André, reprit Charles, avec une émotion fébrile, si cette femme reste dans sa prison et subit son repentir, il ne lui sera fait aucun mal; elle se sera punie elle-même assez cruellement. Mais, ce qui est bien plus présumable, si cette retraite cache un repentir menteur, si elle sort de sa prison pour donner suite à quelque intrigue criminelle, fille d'un crime, je serai le vengeur de mon frère, puisque ces crimes inconnus s'accomplissent dans l'impénétrable secret d'une alcôve, se dérobent à la justice et restent impunis.

André baissa la tête, et répondit par un soupir; mais il ne parut nullement étonné de cette sortie du jeune créole, comme si, depuis longtemps, il avait eu les mêmes idées sur l'horrible mystère du château.

Le jeune homme interpréta dans ce sens la froide attitude et le silence du domestique, et il lui dit avec beaucoup de chaleur :

— André, vous savez ce que je sais, mais vous êtes plus instruit que moi. Ne tenez rien en réserve, pour m'éclairer complétement. Vous connaissez peut-être cette puissante amitié qu'on appelle l'amitié fraternelle. Eh bien ! elle est froide auprès de l'amitié de deux jumeaux, déjà unis avant de naître, et n'ayant qu'une âme en deux corps, dans le sein de leur mère, pour la partager ensuite dans le même berceau. La moitié de ma vie est morte, l'autre ira bientôt rejoindre sa sœur. J'ai donc hâte de tout savoir, car j'ai des obligations à remplir, et je veux que mes actions soient guidées par la stricte justice, dont vous êtes pour moi le guide providentiel.

Alors, André révéla tout au jeune créole, et avec un accent de vérité qui ne permettait pas d'élever un seul doute sur les confidences. Bien plus, il acheva de porter la conviction dans l'esprit de Charles, en tirant de sa poche, et en lui donnant la lettre de sa belle-sœur, précieux document qu'il avait retrouvé sur le tapis de la chambre, après la fuite d'Anaïs.

Une teinte écarlate couvrit la pâleur du jeune créole ; ses yeux lancèrent des flammes, et sa poitrine se gonfla, parce que le cri de douleur qu'elle retint ne trouva pas d'issue par les lèvres.

Il appliqua ses mains sur son front comme pour retenir sa raison qui s'échappait, et dit à haute voix comme pour se donner un bon conseil à lui-même :

— C'est le moment d'être fort et de ne pas succomber. Ma mort mettrait le crime trop à son aise. Il faut vivre pour punir.

Et après avoir silencieusement réfléchi, il dit :

— La dernière lettre de mon frère me parle d'un colonel qui lui a rendu un grand service.

— Oui, monsieur, dit André, votre frère, dans ses rêves et dans ses moments de délire, parlait souvent d'un colonel de Versailles.

— Et lui, reprit Charles, ne m'en a parlé qu'une fois... et dans sa lettre d'agonie !... Il y a quelque chose de grave à apprendre de ce côté... André, vous connaissez-vous en chevaux ?

— Mais, assez, monsieur ; j'ai servi cinq ans comme cocher.

— Demain, à la pointe du jour, vous irez chez

le plus renommé des marchands de chevaux... aux Champs-Élysées, et vous ferez marché pour deux chevaux de selle... les plus beaux, et les plus chers... Demain soir, à la nuit, j'irai les prendre et les payer... C'est bien compris, n'est-ce pas?

— Je ferai de mon mieux, dit André.

Charles, épuisé de fatigue et d'émotion, monta dans la chambre de son frère pour se reposer ou se recueillir, s'il ne pouvait trouver le calme, si nécessaire au sommeil.

— L'Infâme! répéta-t-il plusieurs fois, pour se justifier, elle accusait même mon frère du crime d'assassinat!

XVIII

« Montgeron, novembre 1856.

» Cher ami,

» Je t'écris sur la table du notaire de Montgeron, c'est te dire que l'affaire est avancée jusqu'à l'avant dernier point. L'acquisition faite, il ne reste plus qu'à payer.

» Ton château, avec ses *appartenances et dépendances* te coûtera trois cent quarante-cinq mille francs, peu de chose, comme tu vois. La maison de campagne que tu me donnes pour mes services, me coûtera quatre-vingt-dix mille francs, moins que rien.

» Nous sommes à dix-huit kilomètres de Paris. On dit que le pays est charmant, mais je n'entends rien aux beautés de la campagne. Les plus beaux arbres pour moi, sont les manches à balais qui sont ombragés par les maisons du boulevard des Italiens. Mais je me connais en chasse. Nous avons un grand bois rempli de faisans, de perdreaux et de lièvres; il y a même des cerfs qui viennent s'y faire tuer, en arrivant de Fontainebleau, en train de plaisir.

» On t'accorde la facilité de ne payer que dans un an. Cette clause est importante, parce que la veuve voudra peut-être attendre un délai de dix mois pour t'épouser légalement; mais si tu parviens, comme je le crois, à faire avancer le mariage illégal, tu pourras payer avant le terme convenu. Dès qu'Anaïs sera sortie du couvent où elle s'ennuie pour amuser le beau monde, marie-toi vite, en garçon; la mairie et l'autel viendront plus tard.

» Mon conseil est bon, car en ce moment, nous sommes en train de dévorer ton dernier ancêtre. Un de ces jours, tu vas te trouver en tête-à-tête avec le dernier louis de ton tiroir, car nous sommes, toi et moi, deux bourreaux d'argent.

»'Tu pourras célébrer ton mariage préparatoire, à huis clos, dans ton château de Montgeron, et à l'expiration du deuil tu payes ton tribut à la société avec un mariage sérieux, à la face de Paris, ville où maintenant la moralité court les rues pour remplacer l'esprit.

» Enfin, le bonheur m'est venu, quoique je le mérite, et je vais le déguster savoureusement, comme si chaque minute était une goutte de chambertin. D'abord, je ne me marierai pas. Si, après trois jours, je suis content d'une maîtresse, je renouvellerai son bail jusqu'à la fin de la semaine. En amour, je prendrai cette devise : *Constant dans l'inconstance*. Ensuite, je me loue un petit appartement dans ton hôtel, et je m'invite à tous tes dîners.

Tu ne me présenteras jamais la carte et la quittance de loyer, ces deux épouvantails qui m'ont toujours brouillé avec les restaurants et les propriétaires. J'aurai tes chevaux pour mes courses en ville, et tes chiens pour mes chasses à la campagne. Tu vois que je ne suis pas exigeant, après tous les services que je t'ai rendus, avec l'espoir de ne jamais réussir.

» Ta vie, mon cher Ferdinand, sera cousue de soie et d'or. Tu seras obligé de bien la cacher dans l'ombre de peur d'être condamné au poignard par

13

les envieux, pour crime de bonheur insultant. Je te recommande de paraître toujours en public avec un front soucieux. Imite Rothschild.

» En t'affirmant que tu as épousé une femme fidèle, je suis le prophète du passé. Tu as trouvé cet oiseau rare, dont l'existence est niée par les poëtes Juvénal, Molière, La Fontaine, Boileau et autres naturalistes malheureux en amour. La belle Anaïs t'adorait, et elle a vécu avec un mari impossible, sans donner le moindre ornement portatif à son front de quadrumane. Elle a été fidèle à Vulcain, que ferat-elle pour Apollon, cette Vénus-crinolina ? Vraiment, ton bonheur est une insulte au genre humain. Tous les matins, à ton réveil, tu t'embrasseras en te disant : j'étais heureux hier, recommençons aujourd'hui, continuons demain ! et ne finissons jamais.

» L'aveu que je vais te faire maintenant contrarie un peu ma devise de garçon, mais que veux-tu? je passe ma vie à me disputer avec moi-même, et à faire le soir ce que j'avais bien promis de ne pas faire le matin. Le notaire de la localité est un homme charmant; il m'a invité deux fois à dîner, et paraît enchanté de moi. Sa fille unique est une délicieuse beauté de province; ta femme en miniature. Il faut te dire, avec parenthèse, que je fais

ici, sur les femmes, un effet prodigieux, en sortant
le matin avec des gants jaunes et rasé de frais. On
m'appelle le riche Parisien ; c'est le notaire qui m'a
fait connaître mon surnom. On me regarde comme
un décamillionnaire qui, en passant, achète une forêt avec autant de facilité qu'on achète un paquet de
cigares. La jeune fille a déjà vu un bon petit parti
dans le *riche Parisien ;* elle me fait des agaceries
adorables. L'autre jour, à table, elle a même adroite-
tement égaré son petit pied sous le mien. Un instant j'ai eu l'idée inhospitalière de nouer une intrigue d'occasion, imitée du bon La Fontaine ; mais
j'ai appris que son frère était officier dans les zoua-
ves de la garde, et j'ai battu en retraite. Tu connais
mon courage ; j'ai peur des frères et des maris. Ce
sont les gardes champêtres de la ville, et ils ont
droit de vie et de mort sur les braconniers de l'a-
mour. Le notaire est fort riche, la fille est ravis-
sante, et si l'impertinence de ton bonheur m'ennuie
trop, quand tu seras marié au sérieux, je te donne
un pendant conjugal et je me mets à ton niveau de
fidélité domestique.

» J'attends ta réponse en style télégraphique ou
épistolaire. Faut-il conclure avec le tabellion, non
pas pour la fille, mais pour ton château et ma chau-
mière?• J'ai pris un an pour payer, parce que tu

auras tout le temps qu'il faut pour soutirer quatre cent mille francs à ta femme. Je suis prévoyant.

» Enfin, nous sommes heureux! Restons toujours ce que nous sommes : deux Pylades, sans Oreste.

» ALFRED. »

Le même jour, Alfred reçut cette réponse par le télégraphe :

« Reste chez le notaire pour éloigner les concurrents, qui sont nombreux. Attends ce mot : *Pars*. Tu prendras le convoi qui arrive à Paris à six heures et demie. Je t'attends à dîner à sept heures à la Maison-d'Or, où je dîne tous les jours. »

XIX

Quinze jours après cette correspondance, Alfred reçut le mot impératif : *Pars*, et il arrivait à la Maison-d'Or à sept heures du soir.

Ferdinand dînait dans un cabinet particulier, qu'un garçon désigna et ouvrit à l'arrivant.

Les deux amis se serrèrent les mains; Alfred s'assit et remarqua tout de suite une expression de tristesse sur le visage du jeune comte.

— Tu dois être altéré? dit Ferdinand, en lui versant du champagne.

— Oui, mais j'ai soif du nouveau. Garde ton champagne,.et verse moi des nouvelles dans l'oreille, à voix très-basse, car ici, je me méfie des murs.

— Eh bien! mon cher Alfred, voici du nouveau... Je te conseille de te faire philosophe.

— C'est du vieux, je le suis.

— Tout va mal.

— C'est bien ; après ?

— Je ne sais trop par où commencer.

— Commence par la fin.

— Nous sommes tous ruinés.

— Le père Dimmer aussi?

— Parbleu ! c'est lui qui nous ruine.

— Et la dot de deux millions?

— Donnée par la fille pour solde des différences de Bourse. Une catastrophe de douze millions.

— Probablement les amis de Dimmer en ont mangé la moitié?

— Davantage. Dimmer est tombé dans le crétinisme. Sa femme est morte, et Anaïs est dans un couvent, au bout du monde.

— A Mexico ?

— A Vaugirard.

— Après ?

— J'ai fait des prodiges pour parvenir à savoir quelque chose. On a destitué le portier de l'hôtel Dimmer. C'était un portier bavard...

— Pléonasme ; après ?

— C'est la baronne du... tu sais... la baronne
du bal... qui m'a été de la plus grande utilité...
C'est une de ces femmes qui, ne pouvant plus se
marier, croient se marier un peu en mariant les
autres. Elle a été obligeante au dernier point; j'ai
joué la tragédie chez elle; je lui ai montré deux
pistolets avec lesquels j'allais me brûler la cervelle
devant le couvent de Vaugirard...

— Très-bien; et elle a cru à l'incendie de ta
cervelle ?

— Comme si elle l'avait lu dans son journal. Ses
visites au couvent de Vaugirard ont d'abord été in-
fructueuses; Anaïs jurait de s'ensevelir vivante,
toute une éternité...

— Quatre mois, en style de veuve.

— Enfin, le feu caché sous la cendre a éclaté.
Anaïs a répondu, comme Julie de Rousseau, à ma
quatrième lettre. Anaïs adore *la Nouvelle Héloïse*.
Pour achever ma victoire, j'avais commencé ma
quatrième lettre par ce plagiat du roman suisse :
*O mon Dieu! vous m'aviez donné une âme pour la
douleur, donnez-m'en une pour la félicité.* J'ai
écrit *ô mon Dieu!* au lieu de *puissances du ciel*,
parce que Rousseau craignait de dire *mon Dieu!*
à cause de Voltaire. Alors, elle m'a répondu par une

lettre qui appelle toute ma philosophie et la tienne, au secours de notre commun désespoir.

Ferdinand tira cette lettre de son portefeuille et la donna à Alfred, qui la lut avec le calme de ce stoïcien qui s'attendait à tout, et avait pris pour devise : *ad omnia paratus.*

Voici la lettre d'Anaïs :

« Vous auriez dû respecter mon deuil, et moi, je devrais rester dans mon isolement de veuve ; l'un et l'autre, nous nous écartons de notre devoir, mais la faiblesse naquit avec la femme, et, malgré moi, je suis touchée de cette constance dans votre affection et alarmée de votre désespoir, que je crois sincère. Voilà mon excuse, si je commets la faute de vous écrire, en fermant les yeux sur ma livrée de deuil.

» Au reste, cette faute n'est pas la première.

» Avant mon mariage, j'avais eu le tort de recevoir une lettre de vous et de la garder. Cette lettre, fort convenable d'ailleurs, me fit connaître le comte Ferdinand dans toute sa noblesse de gentilhomme. Vos scrupules firent l'admiration de ma pauvre mère ; vous redoutiez que votre amour fût regardé comme une spéculation par les envieux. Vous auriez voulu déshériter l'héritière, et lui donner votre fortune pour dot. Eh bien! aujourd'hui, ces nobles scrupules n'auraient plus leur raison d'être. Le malheur est entré dans notre maison, à la suite de la mort, et dans ce siècle, où la fortune s'improvise et s'écroule avec la même rapidité, l'héritière a disparu, il ne lui reste que son deuil.

» Mon père est un honnête homme, il a voulu tout payer; je lui ai rendu ma dot, il m'a renvoyé deux cent mille francs. Élevée dans la plus opulente des maisons, je regarde cette somme, toute grande qu'elle paraisse aux indigents, comme l'obole nécessaire à ma vie.

» A l'expiration du deuil légal, je serai maîtresse de mon avenir; serez-vous ce que vous étiez dans votre passé?

» ANAÏS. »

Après cette lecture, Alfred mit les deux coudes sur la nappe, son front dans ses mains, et entra en réflexion.

— A quoi songes-tu? demanda Ferdinand.

— Je songe, dit Alfred, à la fille du notaire de Montgeron... Diable! diable! le tabellion paternel et villageois me fait l honneur de me croire millionnaire, et à la signature du contrat, mon mariage serait brisé, comme dans la *Fiancée de Lam-*

15.

mermoor, et sans musique... Il lui reste deux cent mille francs, à la belle veuve... elle appelle cela une obole! Si on me donnait cette obole, je passerais volontiers à l'état de Bélisaire, mon chapeau à la main, pour remplacer le casque... Deux cent mille francs!

— Mais écoute donc la fin! interrompit Ferdinand.

— Ah! il y a une fin! Parle.

— Écoute donc... Nous avons échangé d'autres lettres; la baronne a fait d'autres visites au couvent... bref, voici la conclusion. Anaïs accepte une entrevue, dans laquelle nous discuterons des projets d'établissement dont la réalisation ne peut avoir lieu qu'après un laps de temps, imposé par les convenances...

— Mais tu es fou! interrompit Alfred: tu épouses une femme ruinée parce qu'elle a été riche!

— Attends donc! reprit Ferdinand; toi, tu ne vois jamais que l'argent au fond des choses!

— Parbleu! je suis de mon siècle, moi.

— Et moi, aussi, reprit Ferdinand, mais je suis homme aussi, et si je perds l'héritière, je veux au moins gagner la femme.

— Sans l'épouser? demanda Alfred.

— Tu achèves ma phrase, dit le comte.

— Et au moment opportun, tu lui emprunteras la moitié de son obole, ce qui te fera de doux loisirs pour attendre une autre héritière cotée deux millions à la Bourse.

— Tout juste ! mon petit Alfred.

— J'ajouterai même, comme sorcier, reprit Alfred, que tu es légèrement amoureux de la belle veuve.

— Oui, Alfred, mais d'un amour à terme...

— Et au comptant, ajouta Alfred ; une veuve, c'est du bonheur à la minute.

— Parfait ! mon ami ; cette femme m'adore, et je n'ai rien à lui refuser.

— C'est juste, remarqua Alfred, dans toute intrigue, un bel homme joue le rôle de la femme. C'est aussi dans l'ordre ; il faut que chacun garde son rang. La grammaire, avec une galanterie toute française, a décidé, d'après l'Académie, que *le masculin était plus noble que le féminin*. Combien de temps te feras-tu adorer par cette inférieure ?

— Jusqu'à la fin de ma passion.

— Ce ne sera pas long, reprit Alfred ; tu ne prends des effets qu'à l'échéance de quatre-vingt-dix jours, comme la Banque.

— La Banque a raison.

— Et quand négocies-tu l'effet ?

— Demain. Anaïs a fait louer, sur les bords de la Seine, à Neuilly, un petit chalet caché aux yeux des mortels. C'est André, le seul serviteur resté debout après la débâcle domestique, c'est le fidèle André qui a trouvé cet *asile héréditaire*, et qui est chargé de toutes les affaires extérieures de la belle veuve.

— Je connais cet André-là, dit Alfred; je l'ai vu longtemps sur la porte de l'hôtel Dimmer. C'est un imbécile de six pieds; il a posé, comme enseigne au café du Géant. Prends tes précautions avec lui; Anaïs l'a choisi comme garde du corps.

— Oh! sois tranquille, j'ai toujours un arsenal de poche dans les nocturnes expéditions.

Et se levant de table, il ajouta :

— Il me tarde de savoir si je n'ai pas chez mon portier le billet d'amour qui fixe le jour et l'heure où nous devons débattre nos intérêts.

— Mon ami, dit Alfred, en allumant le cigare du départ, mon ami, il faut avouer, à notre éloge, que nous supportons fort gaiement nos malheurs. Nous dansons sur les ruines de nos châteaux en Espagne. Moi, je vais dormir du sommeil le plus doux, comme si je devais me réveiller sur un matelas de billets de banque. Est-on heureux d'être ainsi constitué!

Et s'approchant de la fenêtre, il ajouta :

— Tiens! la neige tombe; tant mieux pour toi! il n'y aura pas de curieux sur les bords de la Seine, quand tu débattras tes intérêts d'établissement avec la belle veuve.

— Faisons avancer un fiacre, dit Ferdinand, et partons... Décidément, je suis amoureux.

— Tu connais la fable du *Lion amoureux*, reprit Alfred :

> Amour, amour, quand tu nous tiens,
> On peut bien dire : adieu prudence.

— Bah! interrompit le jeune comte, ce n'est que dans les fables où les lions se laissent couper les griffes par des bergères de Florian! Les lions du boulevard sont plus rusés que ceux du jardin des Plantes. Toi, Alfred, tu n'as jamais que des idées de poltron.

— C'est vrai, dit Alfred; ces idées-là font vivre longtemps... Descendons.

XX

C'était une de ces soirées humides, où l'hiver prodigue ses horreurs sur les campagnes du nord ; la neige tombait à menus flocons et, tourbillonnant dans les rafales d'un vent polaire, elle s'étendait comme un linceul de mort sur le cadavre de la nature.

La désolation était dans l'air, la vie nulle part. Toutes les maisons de plaisance qui s'alignent sur les berges de la Seine, du côté de Neuilly, abandonnées jusqu'au printemps par leurs locataires, ressemblaient à des tombeaux ; une seule vitre brillait dans ce tableau de cimetière. On n'entendait d'autre bruit que le clapotement sinistre des glaçons charriés par la Seine, et brisés aux angles des arches du pont de Neuilly.

Ces nuits lugubres sont un épouvantail et ferment toutes les portes, excepté celles qui s'ouvrent toujours devant la haine, l'amour, l'intérêt et la vengeance. Les fortes passions ne reculent devant rien; elles bravent les ardeurs de l'été ou les glaces de l'hiver.

Un jeune créole, peu habitué à ces rigueurs du nord, ranimait ses forces devant un grand feu, dans un étroit salon du chalet de Neuilly, et André, son serviteur fidèle, debout, à l'angle de la fenêtre, prêtait l'oreille aux bruits du dehors.

Charles avait revêtu les mêmes habits que portait son frère Victor, à la soirée de l'Opéra et au duel de Vincennes. Le frère mort revivait en lui.

— Oui, disait Charles, je comprends vos honorables scrupules, mon cher André; mais rassurez-vous. Il ne sera fait aucun mal à cette femme. Dieu lui donnera ce qu'elle a mérité; je me confie à ce grand justicier. Un homme ne doit jamais porter des mains violentes sur une femme, même sur la plus coupable. Un plus grand criminel va venir, et celui-là est à moi.

— Oh! je me doutais bien, dit André, que madame avait été trompée par ce mirliflore.

—Indignement trompée, reprit Charles, mais cela ne justifie pas son crime, cela l'explique. Le colonel est la loyauté même ; sa figure respire la franchise. « Monsieur, m'a-t-il dit et redit dans le parc de Versailles, j'ai assisté à beaucoup de duels dans ma vie de soldat, je n'ai jamais vu sur le terrain un jeune homme plus calme, plus noble, plus loyal que votre frère. Il a été grossièrement insulté par l'autre, dans un guet-apens odieux. On croyait avoir bon marché de lui, on ne pouvait soupçonner tant d'énergie dans un corps si frêle. Aujourd'hui, nous pouvons tout dire ; il y a une sorte de prescription. Eh bien ! je connais le motif du duel. Le comte Ferdinand a voulu se délivrer d'un rival, et il lui a cherché querelle à l'Opéra ; la blessure grave qu'il a reçue est la juste récompense de sa provocation infâme, et ce misérable a osé dire et écrire que votre excellent frère était son assassin ! et...

André fit un signe qui commande le silence ; on entendait un bruit de roues, amorti par la neige, et, après quelques instants, la sonnette de la grille retentit dans le jardin.

— Vous ferez entrer cette femme dans ce salon, dit Charles à André, qui descendait pour ouvrir.

La voiture s'éloigna quand la porte fut ouverte.

Charles passa dans la pièce voisine, qui n'était

éclairée que par la lueur sombre, tamisée par une glace sans tain.

Anaïs s'élança lestement de l'escalier dans le salon, et jetant son chapeau, son manchon et sa fourrure sur un fauteuil, elle dit :

— André, j'ai pleine confiance en vous, comme vous voyez, parce que vous êtes un vieux et fidèle serviteur de notre famille. Vous savez ce qui m'amène ici; une affaire du plus haut intérêt pour moi. Ouvrez tout de suite quand on sonnera. Le temps est affreux. Vous vous tiendrez tout près de ce salon pour attendre mes ordres.

Anaïs était merveilleuse à voir, sa robe de deuil donnait à sa beauté un nouveau caractère, et sa voix d'un timbre mélodieux ne laissait pas perdre une seule note d'or, dans le silence de la nuit.

En regardant ce visage adorable, ce front pur qui semblait n'avoir que des pensées d'innocence, ce cou blanc si bien arrondi, qui s'élevait avec une grâce divine sur le noir du corsage; en écoutant cette voix d'ange qui ravissait l'oreille et lui parlait avec une familiarité si affectueuse, André s'attendrit et se crut obligé de dire à voix basse :

— Madame, vous ne courez aucun danger ici : je vous le jure, croyez-moi.

— Je le sais, dit Anaïs en souriant; je connais

toute la noblesse de cœur du gentilhomme qui sera un jour mon mari. Si je vous ai dit de ne pas vous éloigner, c'est que... les convenances doivent toujours être respectées par une femme... voilà tout.

Elle fit un signe, et le serviteur sortit pour attendre au jardin le coup de sonnette annoncé.

Se croyant seule, elle bondit de joie enfantine, tourna sur ses talons, comme dans un prélude de valse, battit des mains, pour s'applaudir d'être sortie du couvent, et en secouer les ennuis. Puis, avec ses doigts d'agate, elle corrigea les défauts de sa robe, dévastée par un lourd manteau et le cahotement du fiacre, et courut à la fausse glace sans tain, pour donner les mêmes soins à ses cheveux.

Et ses cheveux se hérissèrent d'horreur sous sa main ; un cri strident sortit de sa poitrine ; ses bras se tendirent et retombèrent ; ses yeux restèrent fixés sur la plus épouvantable des apparitions.

La glace n'avait pas reflété la figure d'Anaïs... Un visage maigre et pâle, troué par deux tisons de flamme à la place des yeux, la regardait à travers ce miroir infernal. Son mari mort, et tué par elle, semblait sortir du tombeau pour signer au contrat du nouveau mariage, et assister aux fiançailles du crime. Un hasard providentiel, et non la préméditation, avait amené cet incident étrange. Charles,

dominé par une curiosité naturelle, s'était arrêté
un instant derrière la glace sans tain, avant d'entrer
au salon, pour regarder, avec un intérêt fiévreux,
cette femme qui détruisait deux familles, et était
victime à son tour d'un calomniateur exécrable et
d'un spéculateur sans amour.

L'épouvantable apparition ne dura qu'un instant,
avons-nous dit, mais un coup de foudre dure moins
encore et tue la vie ou la raison dans l'espace d'un
éclair. La minute est quelquefois la synthèse d'un
siècle, car elle peut résumer toutes les angoisses et
toutes les pensées qui dévorent la plus longue vie
d'un être humain. En voyant se détacher en relief,
sur un fond ténébreux, comme un portrait de Rem-
brandt, cette tête de mort vivante, cette face de
vengeur irrité, ces yeux remplis de lueurs sinistres,
ce spectre inattendu qui s'invitait à la fête du soir,
Anaïs se souvint de tout ce qu'elle avait fait de
criminel devant Dieu, en le dérobant à la justice
des hommes ; elle se sentit écrasée sous le poids de
ce passé horrible, éclatant tout à coup dans un
front qui ne pouvait pas le contenir ; mais elle lutta
énergiquement contre sa faiblesse , sous l'impression d'une dernière pensée ; elle frissonna toute
convulsive à l'idée de se trouver, après un éva-
nouissement, dans les bras du fantôme ; et rani-

mant le ressort de la vie qui se brisait, la jeune
femme s'élança vers la porte, franchit en trois
bonds l'escalier, le jardin, la grille, cria : *Pardon !*
avec la voix rauque des rêves; et sentant bruire
sur ses épaules le souffle du spectre qui la poursui-
vait, elle perdit sa dernière étincelle de raison, et
emportée par une terreur invincible, elle se préci-
pita du haut de la berge de la rivière sur un énorme
banc de glaçons, qui s'était fixé à la rive, et s'avan-
çait comme un promontoire artificiel, pour faire
écluse et arrêter les blocs flottants, charriés par la
Seine, dans son courant du milieu.

Ce terrain oscilla légèrement sous les pieds d'A-
naïs, et lui donna cette terreur étrange qui suit la
secousse horizontale du tremblement de terre. La
jeune femme chancela et poussa un cri de détresse,
en étendant ses bras et crispant ses mains, comme
pour trouver un rameau sauveur dans l'air vide.
L'extrême péril lui rendit la raison et l'amour de
la vie. Une seule minute de lucidité d'esprit fit
faire à sa réflexion le travail d'une heure; elle
s'accusa d'avoir manqué de courage devant l'im-
possibilité d'une apparition surnaturelle, et d'avoir
lâchement fui, comme une femme coupable, sans
avoir révélé au monde les circonstances fatales qui
peuvent atténuer ou expliquer le crime, si elles

ne le justifient pas. Cette pensée subite lui donna
l'énergie surhumaine que le naufragé agonisant
trouve sur la planche de salut. Anaïs, sur le bord
de sa tombe, ne redoutait même plus un spectre
sorti des domaines de la mort; elle voulait, à son
tour, se faire accusatrice, et opposer crime à crime,
en se donnant l'excuse des représailles, avec le
mensonge de cet assassinat qu'elle croyait être la
vérité du duel de Vincennes. L'œil fixé sur la lumière qui brillait à la fenêtre du cottage, elle ha-
sarda un pas sur le glaçon, et le pied gauche n'osa
suivre le droit; un craquement sinistre se fit entendre sur la berge, comme si le promontoire artificiel se détachait pour prendre le large et se changer
en radeau de perdition. Immobile comme la statue
d'un fleuve, elle faisait des efforts inouis pour
garder l'équilibre sur une glace lisse où montaient
toujours de petites vagues qui perdaient leur fluidité
en arrivant, et augmentaient le poids de cette ban-
quise polaire. D'autres glaçons, entraînés vers le
courant latéral, venaient se heurter avec des bruits
rauques contre les franges du promontoire, et en
arrachaient des lambeaux qui se rejoignaient encore
au souffle de cette horrible nuit.

Tout à coup une forme humaine apparut sur le
rivage, et Anaïs, à la faveur des blancs reflets de

neige qui diminuaient l'intensité des ténèbres, crut reconnaître un sauveur providentiel, et lui tendit les mains pour implorer son secours.

C'était le serviteur André qui avait poursuivi la malheureuse femme pour la sauver du désespoir, mais il n'avait pas été assez agile dans sa course, et arrivé trop tard sur la berge, il ne se sentait pas au cœur l'héroïsme, l'affection et le dévouement nécessaires pour se jeter à la nage dans une eau glaciale, et arracher la pauvre agonisante à son lit de mort. Ils échangeaient entre eux des paroles qu'ils ne pouvaient entendre, car l'ouragan de l'hiver, la tempête des neiges, les stridentes rafales du nord secouaient les arbres sans feuilles avec un fracas inouï de désolation.

Enfin André mêlant le cri au geste, fit comprendre à la jeune femme qu'il avait trouvé pour elle une bonne idée de salut.

Un petit canot, dépendant d'une maison voisine, était amarré à la racine d'un tremble par une chaîne mince et rouillée, où pendait un cadenas.

André était doué d'une vigueur proportionnée à sa taille colossale ; il brisa la chaîne de fer comme il eut fait d'un lacet de soie, et dit :

— Elle ne mérite pas d'être sauvée mais je la sauverai.

Il fallait remonter la rivière par un courant fort étroit, car les glaçons s'arrêtaient partout et sans offrir encore une surface solide. André chercha les rames et ne les trouva pas ; deux branches de peupliers, arrachées en un clin d'œil et maniées vigoureusement, firent remonter le canot à travers une cataracte de glaçons, et Anaïs, voyant arriver sa planche de salut, joignit les mains comme une martyre délivrée par un miracle, et, le visage tout inondé des larmes du repentir, elle crut avoir le droit de regarder le ciel et de remercier Dieu.

Un mois d'agonie ordinaire est moins long que la minute qui vit passer toutes ces choses. La souffrance et le plaisir font perdre au temps sa juste valeur : il a des ailes ou il rampe ; il lance une flèche ou compte les grains d'un sablier.

André fut ému, pour la première fois, d'une vive compassion, en voyant, à une longueur de canot, cette jeune femme qui lui tendait les bras et n'osait hasarder le plus léger mouvement, de peur de glisser sur le verglas flottant ou de faire entr'ouvrir la couche de glaçons sous ses pieds. Elle restait toujours immobile dans sa pose de suppliante, et luttait, avec des efforts inouïs, contre la violence de la tempête qui dévastait sa robe et ses cheveux. A chaque instant, le froid devenait plus intense, et les glaçons, conduits par une fatalité implacable, semblaient vouloir se former en écluse pour arrêter le filet d'eau qui descendait encore du pont et barrer le passage au canot. André luttait contre cette avalanche horizontale, en s'aidant de ses rames d'occasion comme de deux leviers. Un détroit, qu'on pouvait franchir d'un bond, séparait Anaïs de la pointe du canot; il fallait saisir au vol cette minute pour franchir cet espace.

— Venez, cria le serviteur André en étendant les bras pour recevoir la jeune femme, venez, si le canot touche le glaçon, il le brise.

Et Anaïs, se raffermissant sur ses pieds pour donner plus de force à son élan, imprima au glaçon une secousse trop violente; le bloc se fendit avec un craquement affreux, les masses flottantes s'ouvrirent sous les pieds d'Anaïs et se refermèrent promptement sur elle, comme les marbres d'un tombeau. Il y avait eu un sursis de grâce pour la minute du repentir.

André se trouvait en péril à son tour, il allait être le prisonnier de la rivière par cette nuit de froid mortel; croyant avoir fait son devoir jusqu'au bout, il descendit péniblement le petit ruisseau qui allait disparaître, et, ne pouvant atteindre la rive à cause des obstacles amoncelés dans ces derniers instants, il se suspendit aux branches avancées, et s'en servant comme d'échelons aériens, il toucha bientôt le terrain solide et courut annoncer la catastrophe à son maître.

Le jeune créole leva les yeux vers le ciel et resta calme et impassible, comme le représentant de l'infaillible justice de Dieu.

André prit une pose suppliante, et dit :

— Soyez assez bon pour me permettre de me retirer; j'ai été assez dévoué, assez reconnaissant pour vous servir jusqu'à cette soirée, mais je ne suis pas assez fort pour supporter plus longtemps ces horribles choses. Et vous, monsieur, que voulez-vous de plus ? La pauvre femme est morte, tout doit être fini là...

— Non, André, interrompit le jeune homme, je ne voulais pas la mort de cette femme, Dieu m'en est témoin. Toujours un incident inattendu vient contrarier les meilleurs plans... Mais mon œuvre n'est pas faite. Si vous voulez me quitter maintenant, je ne dirai pas un mot pour vous retenir, et je vous serrerai la main.

André accepta son congé tout de suite, et serra la main de Charles en pleurant.

— André, ajouta le créole, laissez la grille et les portes toutes ouvertes, et si vous entendez le bruit

14

d'une voiture dans l'avenue de Neuilly, mettez-vous à l'écart, ne vous montrez pas.

Le domestique s'inclina et sortit.

Une seule voiture descendait l'interminable avenue de Neuilly, et les chevaux avançaient avec lenteur sur la chaussée, qui n'était qu'une longue couche de neige et de verglas.

La voiture s'arrêta au bout de l'avenue, à peu de distance du pont de Neuilly.

Alfred accompagnait Ferdinand à cette expédition nocturne, et au moment de la séparation, il dit à son ami :

— Voilà une corvée qui me fera augmenter mes honoraires quand le jour des comptes arrivera. Il faut avoir une amitié bien chaude pour résister à quatorze degrés de cette Laponie parisienne. Toi, c'est différent ; tu es attendu par un bon feu, un souper régence, une Artémise consolée, toutes choses qui suppriment l'hiver. Ne manque pas d'emprunter cent mille francs, la moitié de l'obole. Tu lui diras que tes herbages de Normandie ne t'ont rien rendu cette année, à cause de la sécheresse.

— Il a plu tout l'été, interrompit Ferdinand.

— A cause de l'abondance des pluies, reprit Alfred. Tu diras ce que tu voudras enfin, cela m'im-

porte; peu mais emprunte, cela m'importe beaucoup.

Pour toute réponse, Ferdinand avait allumé une
bougie.

— Éclaire-moi un instant, dit-il, et sers-moi de
miroir. Dis-moi... suis-je bien? as-tu quelque reproche à faire à ma toilette?

— Tu es une gravure du *Journal des Modes*, dit
Alfred, après avoir soigneusement regardé le
comte; tu es l'Amour Palmerston à trente ans, un
vrai miroir de Vénus. Tes deux côtelettes en favo-
ris et ta cravate en scarabée d'Égypte sont exé-
crables; mais rien n'est beau comme la mode,
surtout quand elle vient à cheval de Londres, en
croupe avec un maquignon... Par malheur, tes joues
n'ont pas la teinte de la circonstance... prends un
peu de pâleur au grand air. Tes yeux expriment
trop la satisfaction que tu as de toi-même; c'est un
vice de bel homme. Quitte ces yeux-là; sois lan-
goureux et sentimental par le regard; change Adonis en Werther. Bien!... Incline la tête sur l'épaule
droite; c'est ce qui a fait mon succès à Montgeron...
Très-bien! un peu de désordre dans ta chevelure,
cela ne va pas mal; on a l'air d'avoir tourmenté
son front, en disant : « Mon Dieu ! si elle ne m'aimait pas ! » Maintenant, tu es parfait. Une sainte

demanderait son exil du paradis, pour se damper
en enfer avec toi. Adieu; je ne te dis pas bonne
nuit... Demain, je vais t'attendre chez toi, avant le
jour ; mortel fortuné !

— Adieu, Alfred; à demain, sur les neuf heures
du matin, dit le comte, en sautant sur le pavé.

— Et que l'amour ne te fasse pas oublier l'emprunt, reprit Alfred.

Ferdinand longea la rivière jusqu'à la grille in-
diquée, et devina la maison à la clarté des vitres,
avant de voir le numéro. Il crut reconnaître l'attention délicate d'Anaïs, en trouvant la porte toute
large ouverte. Le jardin traversé, il monta l'escalier, qui s'éclairait du reflet des lumières du salon,
et il entra, en fredonnant l'air du quatrième acte
des *Huguenots : Que jamais je n'arrive au réveil !*

Le chapeau et les fourrures jetés négligemment
sur un fauteuil attirèrent son attention, mais il ne
daigna porter sur ces objets de toilette ni la main,
ni ses lèvres. Ferdinand n'était pas un de ces sen-
sualistes raffinés qui éprouvent un vif plaisir à voir
et à toucher ces futilités gracieuses qui semblent
faire partie de la femme; il était trop Apollon du
Belvédère pour connaître les minutieux caprices de
l'amour viril; mais il déposa sur un fauteuil voisin

ses gants, son chapeau et son paletot, pour les livrer aux caresses d'Anaïs.

Son fredonnement changea d'air, et fut remplacé par l'air de la *Dame blanche* :

> Viens, gentille dame,
> Parais, je t'attends.

L'air s'arrêta brusquement sur ses lèvres ; une ombre effrayante s'encadra dans la porte, et Charles s'avança gravement, les mains derrière le dos, comme le spectre de Victor sorti de la tombe.

Ferdinand n'était pas poltron, mais ce qu'il voyait en ce moment aurait donné la couardise au plus zouave. Il frissonna de la tête aux pieds, et demeura pétrifié devant cette apparition qui lui rappelait si bien la soirée de l'Opéra, et le duel de Vincennes.

— Que viens-tu chercher ici ? demanda le jeune créole, d'une voix qui n'a pas d'expression dans la gamme humaine.... Tu ne réponds pas ; tu as perdu cette voix qui conseille le meurtre et distille la calomnie. Eh bien ! je vais répondre pour toi... Tu viens rencontrer ici une femme qui m'appartient ; tu viens ici avec une pensée d'adultère ! J'ai droit de mort sur toi. Tu ne sortiras pas vivant.

14.

Et montrant deux pistolets qu'il tenait cachés derrière le dos, il dirigea leurs points de mire sur la poitrine de Ferdinand.

Ferdinand, croyant à une apparition surnaturelle, avait jugé inutile de se servir des armes qu'il portait sur lui ; mais, en se voyant ainsi menacé, il crut que cette rencontre nocturne rentrait dans le domaine des incidents humains, et que le bruit de la mort du mari n'était qu'un mensonge. Cette idée, résumée en trois secondes, lui fit opposer ruse à ruse. Il se jeta aux genoux de Charles, comme pour demander sa grâce ou un sursis, et tirant un pistolet de sa poche, il fit feu à brûle-pourpoint, et le jeune homme tomba mortellement blessé.

Sans perdre une minute, Ferdinand, radieux, reprit ses habits et sortit avec précipitation.

— O mon Dieu! dit Charles, laissez-moi la vie une minute de plus.

Il se leva péniblement, ouvrit la fenêtre, et posa ses pistolets sur le balcon.

Et au moment où le jeune comte traversait le jardin, deux coups de feu retentirent et ne manquèrent pas l'assassin fugitif.

Quelques instants écoulés, il y avait deux cadavres dans cette maison.

. . . .

Le lendemain, à quatre heures du soir, Alfred, inquiété par l'inexplicable retard de son ami, arrivait aux informations.

Il vit une foule de curieux devant le chalet de Neuilly, et il se mêla aux groupes pour écouter.

Toujours, dans le public des rues, il y a un historien qui raconte la catastrophe, un véritable historien, avec un mélange de vérités et de mensonges.

Celui qu'Alfred écoutait racontait ainsi son histoire :

« Le mari avait été fin ; il avait dit à sa femme, avant-hier : « Ma bonne amie, je vais à Rouen pour des affaires. » La femme a donné dans le piége, et elle a écrit à son amant cette bonne nouvelle. Le mari s'était caché dans la banlieue. A la nuit tombante, il est entré dans cette maison, qui lui appartient, et il a trouvé sa femme avec l'individu. Le mari a tiré un coup de pistolet ; l'amant aussi, et la femme s'est sauvée. On l'a arrêtée ce matin à Saint-Cloud, dans une auberge. L'amant a eu encore la force de descendre l'escalier pour suivre sa maîtresse, une femme de rien, mais il est tombé au milieu du jardin. Les maraîchers en passant devant la maison, au point du jour, ont vu le cadavre, parce que la porte était ouverte, et ont prévenu le commissaire de police de Neuilly. La justice est venue et on a fait des perquisitions partout. On dit que la femme n'est ni jolie ni jeune, mais il y a des hommes qui se contentent de tout, quand ça ne coûte rien. »

Alfred parut écouter ce rapport d'un air indifférent, et il se dit : « Que la justice informe, moi, je n'informe pas. Il est temps de partir pour la Guadeloupe. Il y a un coup à faire en arrivant chez le colon, comme messager et ami de son pauvre fils Victor. »

Et, muni du peu d'argent qu'il trouva chez le comte, il partit pour le Havre le même soir.

APRÈS L'HISTOIRE

La justice moderne a inventé *les circonstances*
atténuantes. Elle était bien profonde la pensée du
jurisconsulte qui a fait cette découverte! Le domaine des passions viles ne renferme pas un criminel digne de la moindre excuse. Il en est autre-
ment pour l'amour et la vengeance, deux passions
indestructibles qui, presque toujours, n'ont pas
pour mobiles la soif de l'or et l'instinct fauve de la
férocité. Si le crime d'Anaïs était de ceux qu'on
peut dérober aux ténèbres de l'alcôve et produire
au grand jour des assises, un ministère public
croirait justement qu'il est de son devoir de requé-
rir la peine de mort contre cette femme coupable

d'un amour faux et assassin; mais que de *circon-stances atténuantes* un habile défenseur pourrait trouver dans toutes les causes fatales qui ont déterminé le crime! Comme il serait facile de prouver à un jury de pères que cette femme ne peut pas être livrée au sanglant justicier de l'échafaud, et qu'elle doit être condamnée à la vie recluse et à la perpétuité du repentir et des remords.

Nous demandons les mêmes *circonstances atté-nuantes* pour la malheureuse héroïne de cette his-toire, et nous souhaitons que la révélation d'un *Crime inconnu* arrête les criminelles inconnues, — très-peu nombreuses, sans doute, — au premier sourire de leur attentat. Les mêmes circonstances atténuantes ne se retrouvent pas toujours, et le crime reste alors dans toute sa hideuse infamie! Il est justiciable d'un tribunal sans pardon: les assises de l'enfer!

FIN

Paris. — Imp. A. Bourdilhat, 15, rue Breda.

COLLECTION DE LA LIBRAIRIE NOUVELLE

à 3 fr. le volume

FORMAT GRAND IN—18 ANGLAIS

Paris. — Imp. de la Librairie Nouvelle, A. Bourdilliat, 15, rue Breda.

www.ingramcontent.com/pod-product-compliance
Lightning Source LLC
Chambersburg PA
CBHW070511030726
47503CB00004B/1230